世界经典文学名著(全译本)　CHUNCHAO

春潮

(美)海明威 著　严加丰 译

安徽师范大学出版社

责任编辑：童　睿
封面设计：嫁衣工舍
版式设计：中图传媒

图书在版编目（CIP）数据

春潮 /（美）海明威（Hemingway,E.）著；严加丰译.
—芜湖：安徽师范大学出版社，2013.6
（世界经典文学名著：全译本）
ISBN 978-7-5676-0358-5
Ⅰ. ①春… Ⅱ. ①海… ②严… Ⅲ. ①长篇小说—美国
—现代 Ⅳ. ①I712.45
中国版本图书馆CIP数据核字（2012）第319218号

春潮

（美）海明威　著；严加丰　译

出版发行：安徽师范大学出版社
芜湖市九华南路189号安徽师范大学花津校区　邮政编码：241002
网　　址：http://www.ahnupress.com/
发 行 部：（0553）3883578/5910327/5910310（传真）
E-mail:asdcbsfxb@126.com
经　　销：全国新华书店
印　　制：三河市杨庄双菱印装厂
版　　次：2013年6月第1版
印　　次：2013年6月第1次印刷
规　　格：787×1092　1/16
印　　张：10
字　　数：168千
书　　号：ISBN 978-7-5676-0358-5
定　　价：16.00元

目　录

春潮

第一部　红色和黑色的笑声

第一章

瑜伽·约翰逊站在密歇根州一家很大的水泵制造厂的窗前朝外望着，春天马上要降临了，那个喜欢摇笔杆的家伙——哈钦森曾经写过“冬天来了，春天还会是遥远的事吗？”难道今年又会应验了不成？瑜伽·约翰逊特别想知道。斯克里普斯就站在瑜伽旁边的第二个窗口，奥尼尔——一个长了一张又长又瘦的脸并且又高又瘦的人，两人都站在窗口朝外望着这个水泵制造厂没有一个人影的院子。那些马上要运走的一台台装在板条箱里的水泵被大雪覆盖着，等到春天来临，雪化了，厂里的工人们便要取出这些雪封的码成堆的箱装水泵，并且拉到G.R.&I.铁路的车站那儿，在那里把它们装上平板车然后将其运走。瑜伽·约翰逊望着院子里那些被雪封住的水泵，呼出的气在冰冷的玻璃上结成了无数细小玲珑的霜花，漂亮极了。瑜伽·约翰逊想起了巴黎，或许正是现在这些细小玲珑的霜花让他想起了曾在那里待过两个礼拜的花都。两个礼拜，那曾是他人生中最最高兴的两个礼拜。这回事还有其他的一切如今却被他全都抛在脑后啦。

斯克里普斯·奥尼尔拥有两个妻子。此时的奥尼尔站在窗口望着窗外，带着他那固有的纤弱却又硬朗的样子，显得特别有弹性，他想起了他的两个妻子。一个住在曼塞罗那，另一个住在佩托斯基。从上一年春季直到现在，他还没见过他那住在曼塞罗那的妻子。他望着窗外的水泵厂院子，心里想春天意味着什么呢？是不是与曼塞罗那的妻子相会？与曼塞罗纳的妻子在一起时，斯克里普斯常常会喝得酩酊大醉。他醉了，跟他妻子就十分快活。他们便会一起走到火车站，之后他们会沿着铁轨走出站，然后再一起坐下，喝着酒，看着一辆辆火车飞驰而过。他们也会坐在俯瞰铁路的一座小山丘上的某一棵松树的下面，喝着小酒。有时他们会喝个通宵，有时他们会一连喝一个礼拜，这对他们来说很有好处，这样会使斯克里普斯变得更加坚强起来。

斯克里普斯还有个女儿，他戏称她是邋遢妹奥尼尔。她的真实姓名叫露西·奥尼尔。斯克里普斯跟他的妻子到铁路边上一连喝了三四天之后，有一天晚上他突然失去了他的妻子。他不知道她去了哪里。等他醒来时，四下里是一片漆黑。他便沿着铁道往城区一步一步走去，脚下的枕木是硬邦邦的。他试图在铁轨上走，但他做不到。没错，他心中有数。他沿着枕木走，进城可有很长的一段路程。终于，他走到能看得到车辆编组场的灯光的地方。他从铁轨边急转弯，走过曼塞罗那中学，那是一座黄色砖砌的建筑，一点也没有洛可可的风格，不像曾在巴黎见过的那些建筑。然而，他从来没去过巴黎，去巴黎的人不是他，而是他的朋友瑜伽·约翰逊。

瑜伽·约翰逊望了望窗外。就快到关闭这水泵制造厂过夜的时候，他小心地把窗子打开，只留了一道缝儿，这可就足够了。外边院子里，积雪开始融化了。一阵温暖的奇努克风吹起，水泵工人们就这么叫。这阵温暖的奇努克风透过窗子吹进这水泵制造厂时，工人们都放下了他们的工具。其中包括许多印第安人。

那工头是个牙关紧锁的小矮个，他曾经外出旅游，一度到过德卢斯。德卢斯远在这大湖蓝色水面的对面，在明尼苏达州的一片林区内，在那儿他有过一段奇妙的经历。

那工头把一只手指伸进嘴里润湿了一下，然后竖在空中，他感觉到这暖风吹在手指上。他懊恼地摇了摇头，又朝工人们笑了笑，或许有点儿冷冰冰的。

“得了，这就是定期的奇努克风，小伙子们。”他说。

工人们大多默默无语，然后挂起他们的工具。那些完成一半的水泵被收起，安放在支架上。工人们依次走出来，有些人讲话，还有些默默无语，有几个在咕哝，一起上洗手间去洗手洗脸。

透过窗子，可以听到外面一声印第安人作战时的呐喊。

第二章

斯克里普斯·奥尼尔站在曼塞罗那中学外面抬头看了看那些亮着灯的窗子。暮色已经黑下来了，正在下雪，从斯克里普斯记事时起就一直在下雪。有个过路人站住了，对斯克里普斯瞪了一眼。对他来说，这男子到底跟他有什么关系啊？他继续赶路了。

斯克里普斯站在雪地里，抬头环视着中学的那些亮着灯的窗子，人们正在屋里学习。他们上课直到深夜，男孩们和女孩们竞相钻研知识，他们这股学习的强烈欲望正在席卷美国。他的女儿，那个小邋遢妹，花掉了他整整75块钱去看医生的女孩，也正在里面学习。斯克里普斯感到很自豪，要他去学习真是太迟了，然而在那里，一天又一天、一夜又一夜，邋遢妹正在学习着。她天生就有这份能耐。

斯克里普斯朝前一直走到他家的房子那儿。那房子很小，不过斯克里普斯的妻子并不在意房子的大小。

“斯克里普斯”，两人一起喝酒时，她经常这样说，“我可不要一座皇宫，我只要一个可以遮风挡雨的地方。”斯克里普斯相信她说的话是真的。这会儿，黄昏已经过去了很久，他在雪中行走，看见自己屋子的灯光，庆幸自己相信她的话。回家时，这样可比到一座皇宫要好得多，他可不是那种妄想有座皇宫的主儿。

他打开自家的屋门，走进去。有些想法在他脑海里不断涌现，他竭力想把它排除，但是不行。他的朋友哈利·派克有一次在底特律结识的那个写诗的家伙写过些什么来着？哈利经常这样背诵：“纵然我游遍乐园和皇宫。可惜，没有一处地方比得上家。”他记不清那些词儿了。他给它写了一支很简单的曲调，教露西唱，那还是他初次结婚时的事。如果斯克里普斯有机会继续干下去，他可能会成为一名作曲家，成为那好写芝加哥交响乐队演奏的那种牢什子的家伙中的一个。他让露西当晚就唱这支歌。他永远不再喝酒了。酗酒使他失去了乐感。有很多次他醉了，夜间，火车爬上博因瀑布城那边坡道时的汽笛声听来比斯特拉文斯基这家伙曾写过的任何东西都更动听。这是酗酒造成的，这可使不得，他要去巴黎，就像拉小提琴的阿尔贝特·斯波尔丁那样。

斯克里普斯打开了屋门，他走进屋里。“露西，”他喊道，“是我，斯克里普斯。”他永远不再喝酒了，不再到铁轨边消磨夜晚了。“露西！”他又叫道，有一份恐慌感从他嘴里发出来。他的朋友沃尔特·西蒙斯有一次载一匹种马在巴黎旺多姆广场上被一辆路过的巴士碾过时，听到它嘴里发出的就是这样的叫声。巴黎没有阉马，所有的马都是种马，但是他们并不培育母马。大战以来就是这样，大战改变了一切。

“露西！”他又叫道，接着又是一声“露西！”没有人回应，屋内空无一人。在他自己被人抛弃的屋里，他孤独地站在那里，身子又长又瘦，这时透过满是雪花的空气，他听到一声遥远的印第安人作战时的呐喊。

第三章

斯克里普斯离开曼塞罗那，他跟那地方没有关系了，一个这样的小城给了他什么呀？什么也没有。你辛苦了一辈子，结果却出了这样的事。多年的积蓄一扫而光，什么都没了。他动身去芝加哥找活儿干，芝加哥才是个好地方。瞧它的地理位置，就在密歇根湖的西南部。芝加哥能成大事，哪个傻瓜都看得出来。他要在今天叫做大环的地区买地，那是零售业和制造业的大区。他要以很低的价钱买进地皮，就此抓住不放，让人来试试从他手里夺走吧。他现在已懂得一两手啦。

他孤苦零丁的一个人，风雪吹着他的头发，沿着铁轨走去，这是他这辈子经历过的最寒冷的夜晚。他捡起一只因冻僵而倒在路轨上的鸟儿，放在衬衫里面使它暖和。这只鸟儿紧紧地挨在他暖和的身子上，感激地啄起他的胸膛来。“可怜的小家伙，”斯克里普斯说，“你也觉得冷啊。”

他的双眼流出泪水。

“让这风见鬼去，”斯克里普斯自言自语，又面朝这风雪走去。这风是径直从苏必利尔湖上吹来的，斯克里普斯头顶上的电报线在风中嗖嗖作响。透过黑夜，斯克里普斯看见有只黄色的大眼睛朝他迎来。这台庞大的火车头在暴风雪中越来越近了。斯克里普斯跨到轨道的一边，让它开过去。那个摇笔杆的老文豪莎士比亚写过什么来着，“强权即真理”？火车在下着雪的黑夜里开过身边，斯克里普斯想起了这句话。机车先驶过去，他看见司机俯身把一大铲一大铲的煤块甩进敞开的炉门里，他的脸被敞开的炉膛门射出的火光照亮，他戴着护目镜，一只手按在扼气杆上。斯克里普斯想起那些芝加哥无政府主义者在被处绞刑时说过的话：“尽管你们今天扼杀我们，你们仍然无法扼杀我们的灵魂。”在芝加哥森林公园游乐场旁的瓦尔德海姆墓地，他们被埋葬的地方有一座纪念碑，斯克里普斯的父亲经常在星期天带他到那里。这纪念碑全部是黑色的，上面有个黑色的天使，这是斯克里普斯小时候发生的事。当时，他经常问父亲：“父亲，为什么我们星期天来看这些无政府主义者，而去乘惊险滑梯呢？”他对父亲的回答从没感到满意过，当时他还是个穿短裤的小男孩。父亲曾是个伟大的作曲家，而母亲是个从意大利北部来的妇女，这些意大利北方人是奇特的人。

斯克里普斯站在轨道边，那一节节又长又黑的车厢在雪中从他的身旁卡哒卡哒地驶过。所有的车厢都是普尔曼卧车，窗帘都被拉下了。一节节车厢驶过，灯光从黑黑的车窗底部的窄缝中射出。如果这列车开向另一方向就会轰隆隆地响，但是它正在爬上博因瀑布城的坡道，它开得比下坡时慢。然而还是太快，斯克里普斯无法跟上。他想起自己是个穿短裤的男孩时曾是扒装食品杂货的大车的高手。

斯克里普斯站在轨道边，这又长又黑的一列普尔曼卧车从他面前驶过。谁坐在这些车厢里呢？他们是美国人，睡梦中还在攒钱吗？她们是做母亲的吗？他们是做父亲的吗？其中有情侣吗？或者，他们是欧洲人，给大战弄得厌弃人生的一种筋疲力尽的文明中的成员吗？斯克里普斯很想知道。

最后一节车厢驶过他面前，火车在轨道上一路驶去。斯克里普斯看着车尾的红灯在黑暗中消失，这时雪片正在黑暗中缓缓地飘落，那只鸟儿在他衬衫内扑动着。斯克里普斯沿着一根根枕木拔腿走去，他想当晚就赶到芝加哥，如果能行的话，明天早上就可以开始工作了。鸟儿又扑动了一下，这时它太虚弱无力了。斯克里普斯伸手按住它，让它停止扑动。鸟儿终于静下来了，斯克里普斯在铁轨上大步流星地走去。

实际上，他用不着赶到芝加哥那么远的地方去，还有的是别的地方。当评论家的亨利·门肯把芝加哥称为“美国的文学之都”，那又怎样？还有大急流城呢，一旦到了大急流城，他就可以开始做家具生意。人家就是这样发财的。大急流城的家具是有名的，凡是有小夫妻在傍晚散步时谈起建立家庭的地方都知道它的名字。他想起小时候在芝加哥见到过的一块招牌。他母亲和他一起赤脚走遍，或许就是今天叫大环的市区挨大急流城位于密歇根州下半岛的西部，为该州第二大城，是美国成批生产大众化家具的中心之一。当去每家每户乞讨的时候，他母亲曾指给他看过，她喜欢这招牌上那些电灯在闪闪发光。

“这灯光就像我家乡佛罗伦萨的圣米尼亚托的一样，”她对斯克里普斯说。“好好看看，我的儿子，”她说，“因为有一天你的乐曲会由翡冷翠交响乐队在那儿演出。”

斯克里普斯的母亲裹着条旧围巾躺着的地方，或许就是今天黑石大饭店所在的地方时，她经常一连好几个小时注视着这块招牌，这招牌给他留下了很深的印象。

让哈特曼来装点你的安乐窝上面这么写着，它闪现出很多不同的颜色。起先是一种耀眼的纯白色，这是斯克里普斯最喜欢的，然后闪出一种可爱的绿色，继而闪出一片红色。有一晚，他挨在他母亲暖和的身子上蜷着身躺着，注视着闪光的招牌，有个警察走上前来，“你们得走开。”他说。

是啊，从事家具业可以赚大钱，假如你懂得该怎么做的话。斯克里普斯懂得这一行的全部窍门，他把这事定下来，他要在大急流城停下。那只小鸟扑动了一下，这时显得非常快乐。

“我要给你做一个多么美的镀金鸟笼啊，我的美人儿，”斯克里普斯乐得不可开交地说，小鸟满怀信心地啄着他，斯克里普斯在暴风雪中大步向前走去。雪开始在轨道上堆积起来了，

风吹来，斯克里普斯听到一声印第安人作战时的呐喊……

第四章

斯克里普斯现在在哪里呀？夜晚在暴风雪中走着走着，他给搞糊涂了。那个可怕的晚上，他发现自己的家已经不再像个家了。他动身去芝加哥，但露西为什么出走呀？邋遢妹现在怎么

样？斯克里普斯都不清楚，倒不是说他在意，现在什么都没了，这一切全都抛在脑后了。他站在没膝深的雪里，面对着车站。车站上用大字写着：佩托斯基。

那里有一堆鹿，是猎人们从密歇根州上半岛运来的，一只鹿堆在另一只上面，都已经死了，僵硬了，在站台上被飘来的雪半掩着。斯克里普斯又看了一遍这些字，这儿真的是佩托斯基吗？

车站的屋里有个男人，在一扇小窗内嗒嗒嗒地敲打着什么东西，他向窗外看了看斯克里普斯。他是发报员吗？斯克里普斯凭某种迹象猜测到。

他踏着地上的积雪，向窗口走去，那个人在窗内正忙着敲打发报机的电键。

“你是发报员吗？”斯克里普斯问道。

“是的，先生，”那人说，“我是发报员。”

“那太好了！”斯克里普斯高兴地说。他想直截了当地问这个人这里是否真的是佩托斯基，可他不了解美国北部的这片广大区域，希望不失礼貌。

发报员怀疑地瞧着他，这个人究竟是做什么的呀？

“听着，”他问道，“你是个相公吗？”

“不，”斯克里普斯说，“我不知道相公是什么意思。”

“哦，”发报员说，“你随身带着只鸟儿干嘛？”

“鸟儿？”斯克里普斯问道，“什么鸟儿？”

“从你衬衫里钻出头来的那一只。”斯克里普斯困惑不解了，这发报员是什么人啊？什么人干发报这一行呢？他们像作曲家吗？像艺术家吗？像作家吗？像那些在全国性周刊上写广告的广告界人士吗？或者，他们像欧洲人，被大战弄得憔悴不堪，最美好的青春已消逝了吗？他能把经历一五一十地告诉这个发报员吗？他能明白吗？

“我当时在回家的路上，”他说，“经过了曼塞罗那中学的门前……”

“我在曼塞罗那认识过一个姑娘，”发报员说，“没准你也认识。她叫爱塞尔·恩赖特。”

再谈下去也没什么意义了，他要长话短说，他只要讲基本的要点。再说，天气真的很冷，站在这刮着大风的站台上可真冷，他有几分明白讲下去没意义。他回头看着那些码成一堆的鹿，它们僵硬而冰冷，或许它们也曾是一对对情侣，有一些是公鹿，还有一些是母鹿。公鹿长着角，可以辨认出来。拿猫来说，那就比较难了，在法国阉割猫儿，但并不阉割马儿。法国离这儿远得很哪。

“我妻子抛弃了我。”斯克里普斯突然说道。

“如果你带着只从你衬衫里钻出头来的该死的鸟儿到处转悠，那就别怪你妻子要抛弃你了。”发报员说。

“这个城市叫什么名字？”斯克里普斯问道，两人之间曾有过精神上融洽交流的难得的那一刻已经消失了。其实，他们压根儿没有过这种时刻。然而，他们原本是可以有的。现在也没有用了，要抓住已经过去的东西是没有意义的，是已经飞走的东西啊。

“佩托斯基。”发报员回答。

“谢谢你！”斯克里普斯说，他转身走进这寂静无人的北方城市。他运气真好，口袋里还有四百五十元钱。在他陪妻子去作那次酗酒旅行之前，他把一篇短篇小说卖给乔治·霍拉斯·洛里默。他本人到底为什么要出走呢？不管怎么说，这一切到底怎么样呢？

有两个印第安人在大街上向他走来。他们对他看了看，可是不露声色。他们脸上的表情保持不变，然后走进麦卡锡理发店。

第五章

斯克里普斯·奥尼尔犹豫地站在理发店外。有些人在店里让理发师刮胡子，有些人让理发师理发，还有些人坐在靠墙高背椅子上抽着烟，他们有的在欣赏墙上挂的油画，有的在欣赏着长镜子里自己的样子，等着轮到他们理发。斯克里普斯，他该进去吗？毕竟，他口袋里有四百五十块钱，他可以爱上哪儿就上哪儿。他又一次犹豫地看着理发店，这是个诱人的景象，与人相处，在暖和的屋里，穿着白大褂的理发师用剪子熟练地咔嚓咔嚓剪得很快，或者用剃刀给正在修面的人脸上涂点肥皂沫打斜地刮，这些理发师善于使用他们的工具。他仍然觉得这不是他所需要的，他需要别的什么。他饿了，需要吃东西。再说，还有这只鸟儿。

斯克里普斯·奥尼尔转身背对那家理发店，在这寂静冰封的北方城市的大街上大步走去。他一路走着，只见有几棵树枝朝下弯的桦树，枝上光秃秃的，一片叶子也没有，一直垂到地面上，被积雪弄得沉甸甸的。雪橇的铃声传进他的耳朵里，可能是圣诞节了吧。在南方，小孩子们会放爆竹，彼此叫“圣诞礼物！圣诞礼物！”啊！他父亲是南方人，曾经在叛军中当过兵，那是内战时期的事了，谢尔曼在向海边大进军时烧掉了他家的房子。“战争是地狱，”谢尔曼说过，“不过你知道是怎么回事吗？奥尼尔太太，我必须这样做啊。”他用一把火点着了那座有白色圆柱的古宅。

“要是奥尼尔将军在这儿，你这懦夫！”他母亲用不流利的英语说道，“你就绝对不敢一把火点着这屋子了。”

浓烟从这古宅袅袅升起，火势越来越大，团团浓烟淹没了这些白色圆柱，斯克里普斯紧紧地抓住他母亲麻毛交织的衣裙。

谢尔曼将军爬上他的马，深深鞠了一躬。“奥尼尔太太。”他说。

后来，斯克里普斯的母亲常说他当时眼睛里含着眼泪，即使他是个天杀的北方佬。此人有良心，即使他并不听从良心的支配。“奥尼尔太太，如果将军在这儿，我们就可以一决雌雄。从现在的情况来看，夫人，既然战争就是这么回事，我就必须烧掉你这房子。”

他朝一名士兵挥了挥手，那人奔上前来，把一桶火油浇在火焰上，火焰蹿起来，一大团浓烟在那风息全无的暮色中升起。

“不管怎么说，谢尔曼将军，”斯克里普斯的母亲得意地说，“这一团浓烟将警告南部邦联其他忠诚的子民们，你来过了。”

谢尔曼鞠了一躬。“这正是我们不得不冒的风险，夫人。”他用靴子拍了一下马腹，骑马而去，一头白色长发在风中飘动，斯克里普斯和他母亲都再没见过他。奇怪，这会儿他竟然会想起这段往事。他抬眼一望。面前有块招牌，上面写着：

布朗饭馆最好　试试便知

这正是他用得着的，他要进去吃东西。

这些规模较大的小饭馆的主人真是聪明人。他们懂得怎么样招揽顾客，他们不用在《星期六晚邮报》上登广告。试试便知，他走进去。

进了这小饭馆的门，斯克里普斯·奥尼尔四下环顾了一下。有一只长柜台，有一只钟，有一扇通往厨房的门，有两三张桌子，有一堆盖着玻璃罩的炸面圈，有些标牌挂在墙上，有些地方标明你可以点什么食物。莫非这就是布朗饭馆吗？

“我不知道，”斯克里普斯问一个从厨房的弹簧双扇门走出来的上了年纪的女服务员，“你能不能告诉我，这儿就是布朗饭馆吗？”

“正是，先生，”女服务员回答，“试试便知。”

“谢谢你！”斯克里普斯说。他在柜台前坐下来。“我想要些豆子，还要些给我这鸟儿。”他解开衬衫，把鸟儿放在柜台上。鸟儿竖起了羽毛，又抖了抖身子，它试探性地啄啄那番茄酱瓶。那个上了年纪的女服务员伸出一只手，抚摸它。“这小东西不是挺有男子汉气概吗？”她发表意见，“顺便问问，”她问道，脸上略带一丝惭愧，“先生，你刚才点了什么？”

“黄豆，”斯克里普斯说，“给我的鸟儿和本人。”

女服务员一把推起通厨房的小窗上的门。斯克里普斯瞥了一眼，是一间温暖的蒸气弥漫的屋子，有些大壶和大锅，墙上挂着好多亮闪闪的罐子。

“一份猪肉外加呱呱叫的东西，”女服务员用干巴巴的嗓音冲着推开的小窗叫道，“给鸟儿也来一份！”

“就好！”厨房里传来一声回音。

“你这鸟儿多大了？”上了年纪的女服务员问。

“我不知道，”斯克里普斯说，“我还是昨晚才第一次见到它。我当时正在铁路上从曼塞罗那走来，我妻子离家出走了。”

“可怜的小家伙！”女服务员说。她把一点儿番茄酱倒在指头上，鸟儿感激地啄食。

“我妻子离家出走了，”斯克里普斯说，“我们当时在铁道边喝酒。我们习惯晚上出去，看一列列火车开过。我写短篇小说，有一篇登在《晚邮报》上，还有两篇登在《日晷》上。门肯竭力想抓住我不放，我太聪明了，不屑干那种事儿。我的作品中不涉及政治，政治使我头痛欲裂。”

他在说些什么呀？他在乱说一气啊，这样是绝对不行的，他必须控制住自己！

“斯各菲尔德·塞耶曾是我的男傧相，”他说，“我是哈佛毕业，我只求人家让我和鸟儿美餐一顿。别再扯国际政治了，把柯立芝博士撵走吧。”

他精神恍惚了，不知道是怎么回事，他已经饿得快晕过去了。

这北国的风对他来说太锐利、太凛冽了。

“听着，”他说，“你能让我就来那么一点儿黄豆吗？我可不想催，我知道什么时候该适可而止。”

那小窗被推上去了，一大盘和一小盘热气腾腾的黄豆出现了。

“要的东西来啦！”女服务员说。

斯克里普斯开始吃那一大盘黄豆，还有点儿猪肉了。鸟儿吃得挺欢，每咽一下都要抬一下头让豆子下肚。

“它这样做是为了这些黄豆，感谢上帝。”上了年纪的女服务员解释道。

“这黄豆也确实好。”斯克里普斯表示同意。受到了这些黄豆的影响，他的头脑逐渐清醒起来。关于那个亨利·门肯说了些什么废话来着？难道门肯真的盯住了他不放？这样的前景可并不美好。他口袋里有四百五十元钱，等这笔钱花光了，他该把事情了结。要是他们逼得太厉害，他们会大吃一惊的。他可不是让人生擒活捉的主儿，让他们来试试看吧。

吃了黄豆，那鸟儿睡去了。它用一条腿站着睡，另一条腿蜷起在羽毛中。

“等它靠这条腿睡得累了，它会换一条腿来接着睡，”女服务员说，“我们家里有只老鹦，就是这么干的。”

“你的老家在哪里？”斯克里普斯问道。

“在英国，在那湖泊地区。”女服务员带着点儿依恋的微笑说，“华兹华斯的家乡，你知道的。”

啊，这些英国佬，他们游遍了地球的所有地方。

他们并不满足于待在他们那个小岛上。奇怪的北欧人，念念不忘地做着他们的帝国梦。

“我并不是一直做女服务员。”这上了年纪的女服务员说。

“我相信你并不一直是这样。”

“当然不，”女服务员接着说，“这段经历非常离奇，可能你听了觉得乏味吧？”

“怎么会呢，”斯克里普斯说，“你不介意我把这段经历拿来写作吧？”

“如果你觉得有意思，我就不介意，”女服务员笑吟吟地说，“你不会用我的真实姓名，这不能用。”

“如果你不愿意，我就不用。”斯克里普斯说，“顺便问一下，可以再来一份黄豆吗？”

“试试便知。”女服务员笑了，她脸上有些皱纹，脸色发灰。她有点儿像那个在匹兹堡去世的女仆。她叫什么？兰诺尔·乌尔里克，在《彼得·潘》中演出的正是这个。听人说她外出老是戴面纱，斯克里普斯想。这才是个叫人感兴趣的女人。真是兰诺尔·乌尔里克吗？不是也没关系。

“你真想再来点黄豆？”女服务员问道。

“对。”斯克里普斯干脆地回答。

“再来一份呱呱叫的玩意儿，”女服务员冲着小窗内叫道，“甭管那鸟儿啦。”

“就好。”传来一声应答。

“请继续讲你的经历。”斯克里普斯亲切地说。

“那是举办巴黎博览会那年的事儿。”她开口说，“我当时还是个小姑娘，用法语来讲，叫‘ieunefille’，我陪母亲从英国去的，我们想要参加博览会的开幕式。从北站到旺多姆广场，我们去旅馆的途中，走进一家发型师的铺子，采购了一些小东西。我还记得，母亲购买了一瓶‘嗅盐’，照你们这儿美国的叫法。”

她微微一笑。

“好，讲下去。嗅盐。”斯克里普斯说。

“我们按照惯例在旅馆登记，人家给我们预订了两间毗连的客房。我母亲赶了路，觉得有点儿累了，我们就在房间里吃晚饭。我对第二天就可以参观博览会感到兴奋极了。可是赶了路，我累了——我们渡过英吉利海峡时天气很恶劣——睡得可沉啊。早上我醒过来，叫我的母亲，没有回音，我就走进房去叫母亲，床上没有母亲，却躺着一位法国将军。”

“我的天啊！”斯克里普斯用法语说。

“我惊慌失措了，”女服务员继续讲下去，“打铃叫管理人员来。账台人员来了，我就要求知道我母亲的下落。”

“可是，小姐啊，”那账台人员解释，“我们一点儿也不知道你母亲。你是陪一位某某将军到这儿来的——我不记得那位将军的名字了。”

“管他叫霞飞将军吧！”斯克里普斯说道。

“那姓氏跟这个非常相似。”女服务员说，“我当时吓坏了，就去叫警察来，要求查阅旅客登记簿。你会发现我和我母亲在上面一起登记来着。”我说。警察来了，那账台人员拿来了登记簿。“瞧，女士，”他说。“你跟你昨晚陪同来我们旅馆的那位将军一起登记的。”

“我陷入困境了。后来，我想起了那发型师的铺子的地址。警方把发型师找来，一名警探把他带进来的。”

“我和我母亲到过你的铺子，”我对发型师说，“我母亲买了瓶芳香剂。”

“我完全记得这位小姐，”发型师说，“不过，你不是陪你母亲来的，你是陪一位上了年纪的法国将军来的。我记得，他买了一把卷小胡子用的钳子。反正，能在我账簿上查到这笔账的。”

“我绝望了。就在这时候，警方带来了那名把我们从车站送到旅馆的出租车司机，他发誓说我绝对没有跟我母亲在一起。说呀，这段经历叫你听得腻味吗？”

“说下去，”斯克里普斯说，“要是你曾跟我那样苦于想不出故事情节来，就会明白！”

“好吧，”女服务员说，“这故事也尽在于此了，我就从此没见过我母亲。我跟大使馆取得了联系，可他们无能为力。最后他们证实了我的确陪我母亲渡过了英吉利海峡，可是此外他们就无能为力了。”泪水从这上了年纪的女服务员眼中流出。“我再没见过母亲，从此没见过，一次也没有。”

“那位将军怎么啦？”

“他最后借给我一百法郎——即便在当时，也不是一笔大数目——我来到美国，就做女服务员，这段经历也就到这儿了。”

“还不止这些，”斯克里普斯说，“我拿生命作赌，还不止这些。”

“有些时候，你知道，我认为的确还有，”女服务员说，“我认为一定还不止这些。在某个地方，用某种方式，总该有个说法吧。我不知道今天早上是什么使我想起这事来的。”

“这是好事，能一吐为快。”斯克里普斯说。

“是啊，”女服务员微笑着说，这一来她脸上的皱纹就不那么深了，“我现在觉得好过些了。”

“跟我说说，”斯克里普斯要求这女服务员，“在本城有什么工作能给我和我这鸟儿做的吗？”

“正当的工作？”女服务员问，“我只知道正当的工作。”

“是的，正当的工作。”斯克里普斯说。

“的确，有人说过那家新开的水泵制造厂正在雇人手。”女服务员说。为什么他不用双手干活呢？罗丹这么干过，塞尚曾当过屠夫，雷诺阿做过木匠，毕加索小时候在香烟厂里干过活，吉尔勃特·斯图尔特，他画过那些著名的华盛顿像，在美国到处都有复制品，挂在每间教室里——吉尔勃特·斯图尔特也曾当过铁匠。再说还有爱默生了，爱默生曾当过泥瓦小工。听说过，詹姆斯·拉塞尔·洛威尔，年轻时曾当过发报员。就像车站上那家伙一样，也许现在那车站上的发报员正在抒写着他的《死亡观》或《致水鸟》呢！为什么他，斯克里普斯·奥尼尔，就不该进水泵制造厂干活呢？

“你会再来吗？”女服务员问道。

“如果可以的话。”斯克里普斯说。

“你还把鸟儿带来吧。”

“好，”斯克里普斯说，“这小家伙现在可累了，毕竟对它来说今晚真够呛。”

“我也这么认为。”女服务员表示同意。

斯克里普斯走出去，又投入这座城市，他觉得头脑清醒了，能对付生活了。进一家水泵制造厂会很有意思的。水泵如今是了不起的玩意，在纽约华尔街上，每天有人在水泵上发大财，有人变成穷光蛋。他知道有个家伙不到半小时内在水泵上就净挣了整整五十万，人家是内行的，这帮华尔街的大商人。

到了外面的街道上，他又抬头望那个招牌。“试试便知。”他念道，“人家懂这一套，没错。”他说。不过是否真的有过一名黑种厨子呢？就那么一次，就在那一瞬间，当小窗朝上开的时候，他自以为瞥见了一摊黑色的东西，没准那家伙不过被炉灶的煤烟熏了个大花脸吧？

第二部　奋斗求生

第六章

斯克里普斯·奥尼尔正在找工作。用双手干活儿是一件好事，他离开那家小饭馆，顺着大街走去，走过麦卡锡理发店。他并不走进这家理发店，它看上去还是那么吸引人，不过斯克里普斯要的是工作。他在理发店所在的街角来了个急转弯，走上佩托斯基的马路，那是条美观、宽阔的大街，两边排列着砖和压制石块砌成的房子。斯克里普斯沿着街道朝那水泵制造厂所在的那片城区走去，到了水泵制造厂门口，他觉得困惑了。莫非这真是那家水泵制造厂？不错，一连串的水泵正在被搬出来，搁在雪地里，工人们正把一桶桶水往上浇，以便结成一层冰来保护它们免受冬天的冷风的侵害，其作用和任何油漆一样好。不过这些真是水泵吗？也许全是个骗局，这些个从事水泵制造的是乖巧的家伙啊。

“喂！”斯克里普斯对一名正在朝一台新水泵上泼水的工人招了招手，这水泵刚搬出来，看上去尚未完工，正带着抗议的姿态竖立在雪地里。“这些是水泵吗？”

“到时候会成水泵的。”这工人说。

斯克里普斯清楚这正是那家厂了，这一点人家是骗不了他的。他走到门前，只见门上有一块牌子：

闲人莫入指的是你

莫非就是指我吗？斯克里普斯无法确定，他敲了敲门，就走进去。

“我想找经理说话。”他说，悄悄地站在那半明不暗的灯光下。

工人们走过他的身边，肩上扛着未完工的新水泵。他们走过时，哼着一段段曲子。水泵上的手柄僵硬地晃动着，像是在作无声的抗议。有些水泵上没有手柄，或许这些毕竟好算是幸运儿吧，斯克里普斯想。一个矮个子走到他跟前，他体格健美，肩膀宽阔，脸色严峻。

“你刚才说要找经理吗？”

“是，先生。”

“我是这儿的工头，我说了算。”

“你能雇人裁人吗？”斯克里普斯问道。

“我能做这做那，一样容易。”工头说。

“我要份工作。”

“有什么经验吗？”

“水泵活儿可没有。”

“不要紧，”工头说，“我们让你干计件工。来，瑜伽，他对人叫道，那人正站在厂房窗口望着窗外，“带着这个新手去放好他的行囊，教他如何在这地方走动。”工头把斯克里普斯上下打量了一番，“我是澳洲人，”他说，“希望你会喜欢这儿的条件。”说着他走开了。

这个名叫瑜伽·约翰逊的男人从窗口走过来，“很高兴认识你。”他说。他是个身材结实、体格健美的家伙。这类型的男人你差不多在任何地方都见得着，他看上去好像经历过磨难。

“你那位工头是我认识的第一个澳洲人。”斯克里普斯说。

“哦，他不是澳洲人，”瑜伽说，“他不过在大战中跟澳洲兵待过一段时间，这给了他很深的印象。”

“你参加过大战？”斯克里普斯问道。

“是的，”瑜伽·约翰逊说。“我是从凯迪拉克城参军的第一个。”

“该是一段相当重要的经历吧。”

“对我来说意义重大，”瑜伽回答。“来吧，我带你在厂里转一转。”

斯克里普斯跟随着这人，由他带着走遍了水泵制造厂。水泵制造厂内很暗，但是很暖和。工人们光着膀子，趁一台台水泵在一条循环的传送带上滚过时，用巨大的钳子夹住水泵，挑出不合格的，把完美的水泵放在另一条循环的传送带上一直送进冷却室。另外有些工人，大部分是印第安人，裹着围胯布，用大锤和板斧砸碎那些不合格的水泵，立刻把它们改铸成斧头、大车钢板、滑动底板、子弹铸型这一套大水泵制造厂的副产品。什么都不浪费，瑜伽这样指出。有一些印第安男孩，小声哼着一支部落里的古老的劳动号子，蹲在这巨大的锻造车间一角，把铸造过程中从水泵铸件上凿下的小碎片加工成剃刀的刀片。

“他们光着身子干活，”瑜伽说，“他们出厂时要搜身。有时候他们冒险把刀片藏起，随身带出去非法贩卖。”

“这样会造成很大的损失吧？”斯克里普斯问。

“啊，不，”瑜伽回答。“检查员们几乎把他们全抓住了。”楼上另外一间房内，有两个老头儿在干活儿。瑜伽把门打开，其中一个老头儿从钢框眼镜上方一望，皱了下眉。

“你放进了穿堂风。”他说。

“关上门。”另一个老头儿用老迈年高的人的那种抱怨的高音说。

瑜伽说：“他们制造厂方送出去参加大规模国际水泵竞赛的所有产品，你可记得我们在意大利获得水泵奖的盖世无双水泵吗？弗兰基·道森就是在意大利被杀害的。”

“我在报上看到过报道。”斯克里普斯应道。

“巴罗师傅，就是在那边屋角的那一位，用手工独立制成了盖世无双水泵。”瑜伽说。

“我用这把刀子直接从钢料上刻出来的，”巴罗师傅说着举起一把剃刀样子的短刃刀子，“花了我十八个月才把它做好。”

“盖世无双水泵确实是台好水泵，没错。”这嗓音尖利的小老头儿说，“不过我们目前正在制作的会叫任何外国水泵都闻风而逃，是不是，亨利？”

“那位是肖师傅，”瑜伽压低了嗓门说，“他可说是在世的最伟大的水泵制造者了。”

“你们两个小伙子走吧，别来打扰我们。”巴罗师傅说。他正不停地刻，每刻一下，他那双虚弱的老手都要微微地抖一下。

“让小伙子们观看吧，”肖师傅说，“你从哪儿来，小家伙？”

“我刚从曼塞罗那来，”斯克里普斯回答，“我妻子离家出走了。”

“哦，要再找一个可不会有什么困难啊，”肖师傅说，“你是个长相漂亮的小家伙。不过听我的忠告，一个蹩脚的妻子可不比干脆没妻子强多少啊。”

“我可不愿这么说，亨利，”巴罗师傅用他的尖嗓音说，“照今天的世道看，什么妻子都是个满好的妻子。”

“你听我的忠告，小家伙，慢慢来。这回给你自己弄一个好的吧，亨利懂得些道理。”巴罗师傅说，他知道自己说的话有道理，他发出一阵尖利的格格笑声。肖师傅，那个老水泵制造者，脸一下红了。

“你们两个小伙子走吧，让我们继续做我们的水泵。”他说。

“亨利跟我，我们有大量工作要做。”

“很高兴认识你们。”斯克里普斯说。

“来吧，”瑜伽说，“我还是让你动手干活儿的好，否则那工头要盯住我不放。”他让斯克里普斯在活塞卡圈室内干给活塞装上卡圈的活儿。斯克里普斯在那儿干了将近一年，那既是他一生中最快活的一年，又是一场恶梦。一场骇人的恶梦：到头来，他喜欢起这生活来了。从另外一些方面看，他恨这种生活。不知不觉间，一年过去了。他还在给活塞装上卡圈，可是这一年中发生了什么怪事啊，他经常为这些事纳闷。他如今简直不假思索地在给两只活塞装上卡圈，一面纳闷，一面听着楼下传来的哈哈笑声，那些小印第安人正在那里加工剃刀刀片呢。他听着听着，喉头涌起一团什么东西，差点让他窒息。

第七章

那天晚上，在水泵制造厂中第一天干完活儿后，就是即将成为没完没了的枯燥地给活塞装上卡圈的日子中的第一天，斯克里普斯又去那家小饭馆吃饭。整整一天，他都把那鸟儿藏起。直觉告诉他，那水泵制造厂可不是个把鸟儿从身上拿出来的合适的地方。那天中，那鸟儿有几回弄得他很狼狈，但是他为它把衣服摆弄了一下，甚至在衬衫上划了一道小口子，让鸟儿可以把它的尖嘴伸出来吸点新鲜空气。这时一天的活儿结束了，斯克里普斯一路上小饭馆去。斯克里普斯高兴能用双手干活儿，斯克里普斯想起那两位制造水泵的老头儿，斯克里普斯前去跟那友好的女服务员相处。这女服务员到底是什么人呀？她在巴黎有过什么遭遇啊？他一定要多多了解一些关于巴黎的情况。瑜伽·约翰逊去过那里，他要问问瑜伽，逼他畅谈，要他讲讲他的见闻，他在这方面是懂得一点儿诀窍的。

注视着佩托斯基港湾上空的落日，只见那大湖这时已冰封，有些巨大的冰块撅出在防波堤上，斯克里普斯顺着佩托斯基的大街小巷大步走到小饭馆。他很想请瑜伽·约翰逊一起吃饭，可就是不敢开口。为时尚早，以后再说吧，到时候能行的。对付瑜伽这种人，不用仓促行事。瑜伽到底是什么人呀？他真的参加过大战？大战对他意味着什么？他真的是从凯迪拉克城去参军的第一个吗？凯迪拉克城到底在哪儿呀？到时候都会弄明白的。

斯克里普斯·奥尼尔打开小饭馆的门，走进去。上了年纪的女服务员正坐在椅子上看《曼彻斯特卫报》的海外版，这时站起身来，把报纸和钢框眼镜搁在现金出纳机上。

“晚上好。”她直截了当地说，“真好，你又来了。”

斯克里普斯·奥尼尔心中扑腾了一下，有种他无法形容的感触袭上心头。

“我工作了整整一天，”——他瞅着这上了年纪的女服务员——“为了您。”他补充了一句。

“真太好了！”她说，然后羞涩地笑笑。“我也工作了整整一天——为了您。”

斯克里普斯眼睛里流出泪水，他心中又扑腾了一下。他伸手去握这上了年纪的女服务员的手，于是她平静端庄地把手搁在他的手中。“你是我的女人。”他说，她眼睛里也流出泪水。

“你是我的男人。”她说。

“我再说一遍，你是我的女人。”斯克里普斯庄严地说，他心中又有些什么好像断裂了……他忍不住要哭。

“这就算是我们的结婚仪式吧！”上了年纪的女服务员说。斯克里普斯捏了一把她的手。“你是我的女人。”他直截了当地说。

“你是我的男人，而且还不止是我的男人。”她凝视着他的眼睛，“你在我心目中就是整个美国。”“我们走吧！”斯克里普斯说。

“你还带着那只鸟吗？”女服务员问，她把围裙放在一边，折好那份《曼彻斯特卫报》的周末版。“我要把《卫报》带上，如果你不介意的话。”她说着把报纸卷在围裙内，“是新到的，还来不及看。”

“我非常爱看《卫报》，”斯克里普斯说，“从我记事起，我家一直订。我父亲是格莱斯顿的热烈崇拜者。”

“我父亲和格莱斯顿是伊顿公学的同学，”上了年纪的女服务员说，“我现在准备好了。”

她已穿上一件上衣，站着等待出发，一手拿着她那围裙、装在黑色摩洛哥皮旧套子中的钢框眼镜和那份《曼彻斯特卫报》。

“你有没有帽子？”斯克里普斯问。

“没有。”

“那我来给你买一顶。”斯克里普斯柔声说。

“就算你的结婚礼物吧！”上了年纪的女服务员说，她眼睛里又闪着泪花。

“那现在我们可以走了。”斯克里普斯说。

上了年纪的女服务员从柜台后面走出来，厨师把小窗朝上推开，从厨房中向外张望。

第八章

半小时后，斯克里普斯·奥尼尔和那上了年纪的女服务员以夫妻的身份回到小饭馆。小饭馆看上去没有什么变化，还是那座长柜台、小盐瓶、糖缸、瓶装番茄酱、瓶装英国辣酱油，还有通往厨房的那扇小窗，柜台后面站着那名临时接替的女服务员。她是个喜气洋洋的姑娘，围着条白围裙。柜台前坐着一名旅行推销员，正在看一份底特律出版的报纸。这旅行推销员在吃一客带骨的牛排加油煎土豆丁。斯克里普斯和这上了年纪的女服务员生活中发生了什么美好的事儿。这时他们感到饿了，想吃东西了。

这上了年纪的女服务员望着斯克里普斯，斯克里普斯也望着这上了年纪的女服务员。旅行推销员看他的报纸，偶尔把一些番茄酱倒在油煎土豆丁上。那另一名女服务员——曼迪，围着新上浆的白围裙，站在柜台后面。窗子上结着霜花，店堂内很温暖。斯克里普斯的那只鸟儿的羽毛着实凌乱，正蹲在柜台上，用嘴和舌在整理着羽毛。

“原来你们回来了，”那女服务员曼迪说，“听厨子说你们出去了。”

上了年纪的女服务员瞅着曼迪，她眼睛一亮，嗓音平静，带着比较深沉而洪亮的音色。

“我们现在是夫妻了，”她和蔼可亲地说，“我们刚结婚。

你晚餐想吃点什么，斯克里普斯，亲爱的？”

“我不知道。”斯克里普斯说。他依稀觉得很不安，心中有什么东西在扑腾。

“或许你黄豆吃得够了吧，亲爱的。”上了年纪的女服务员说。旅行推销员把目光从报纸上向上抬，斯克里普斯看出那是底特律的《新闻报》，那是一份好报纸。

“你在看的是份好报纸。”斯克里普斯对旅行推销员说。

“是份好报纸。”旅行推销员说，“你们两位在度蜜月？”

“对。”斯克里普斯太太说，“我们现在是夫妻了。”

“得，”旅行推销员说，”这样做是桩大好事儿，我自己也是个有妇之夫。”

“是吗？”斯克里普斯说，“我前妻离家出走了，那是在曼塞罗那发生的事。”

“我们别再谈这事了，斯克里普斯，亲爱的，”斯克里普斯太太说，“你把这段经历讲过不知多少回啦。”

“对，亲爱的。”斯克里普斯表示同意，他似乎觉得信不过自己。他心中有什么东西，在什么角落中扑腾。他望着那个叫曼迪的女服务员，她围着新上浆的白围裙，健壮地站着，可爱得很，他注视着她的双手，健康、能干的双手。

“来一客这种带骨牛排加油煎土豆丁吧，”旅行推销员建议，“他们这儿有上好的带骨牛排。”

“你想来一客吗，亲爱的？”斯克里普斯问他妻子。

“我只要来一碗加牛奶的薄脆饼就行了，”上了年纪的斯克里普斯太太说，“你要什么就点什么吧。”

“你的薄脆饼加牛奶来了，戴安娜，”曼迪说着把食物放在柜台上，“你要带骨牛排吗，先生？”

“好吧！”斯克里普斯说，他感觉心中又有什么东西在扑腾。

“煎得老点还是嫩点？”

“嫩点，谢谢！”女服务员转身对着小窗叫：“单人茶，往生里去！”

“谢谢你！”斯克里普斯说。他瞅着这位女服务员，她有天赋，讲起话来有声有色，正是这种讲起话来有声有色的特点当初使他被现在的妻子所吸引。这一点加上她那离奇的出身经历——在英格兰的湖泊地区。斯克里普斯陪着华兹华斯大步走遍整个湖泊地区，一大片金黄色的水仙生长在那里。风儿在温德米尔湖上吹动，远方有只公鹿陷入了困境。啊！这可是在更远的北方，在苏格兰哪。他们是能吃苦耐劳的民族，这些苏格兰人深藏在他们那些山间要塞里。哈里！劳德和他的风笛，苏格兰高地兵团正在作战。为什么他——斯克里普斯没有参加那场大战？这正是瑜伽·约翰逊比他强的地方，大战对他具有重大的意义。为什么他没有参加呢？一般男子喜欢煎得嫩一点，要切开了里面带点血筋。华兹华斯在抒情诗《我独自游荡，像一朵孤云》第一节中写到突然见到一大片金黄色的水仙时的欢欣，美丽的温德米尔湖常在他的诗中出现，

福煦将军为胜利祈祷。法国部队列队跪在贵妇路上，也为胜利祈祷。德国人念着“上帝与我们同在”，多么拙劣的模仿啊！

女服务员曼迪把他要的带骨牛排加油煎土豆丁放在他面前的柜台上，就在她放下盘子时，她一只手下意识地碰了一下他的手。斯克里普斯感到心中一阵奇特的刺激，生活展开在他的面前。他还不是个老人，为什么现在没有战争呢？或许是有的，人们在中国打仗，中国人在自相残杀。到底为了什么？斯克里普斯很纳闷。

女服务员弯身向前，“听着，”她说，“我曾给你讲过亨利·詹姆斯的临终遗言？”

“说真的，亲爱的曼迪，”斯克里普斯太太说，“你已经把那事讲了许多遍了。”

“还是听听吧，”斯克里普斯说，“我对亨利·詹姆斯非常感兴趣，这家伙离开了自己的祖国到英国去跟英国人生活在一起。他为什么要这样做？为了什么？他抛弃了美国吗？莫非他的根不是在这儿吗？”曼迪说：“亨利·詹姆斯临终时在病床上成为英国臣民。恰在此时，英国国王一听说亨利·詹姆斯成为英国臣民，马上就把最高级奖章——功绩勋章派人送去。”

“O. M.”上了年纪的斯克里普斯太太解释道。

“正是这一个，”那女服务员说，“戈斯和圣茨伯里这两位教授陪同那个送勋章的人一起前去。亨利·詹姆斯躺在病床上，双眼紧闭，床边小桌上点着一支蜡烛。护士允许他们走到床边，他们就把勋章的绶带挂在詹姆斯的脖子上，那勋章垂在亨利·詹姆斯胸前盖着的被子上。戈斯和圣茨伯里弯身向前，把勋章的绶带捋平。亨利·詹姆斯始终没有睁开过眼睛。护士吩咐他们必须全都离开这个房间，他们就出去了。等他们全走了，亨利·詹姆斯对护士说话了。‘护士，’亨利·詹姆斯说，‘把蜡烛灭了吧，护士，免得你见我脸红。’这就是他所说的临终遗言。”

“詹姆斯真是位好作家。”斯克里普斯·奥尼尔说。说来也怪，他被这段情事深深打动了。

“你讲得并不每次都一个样，亲爱的。”斯克里普斯太太对曼迪说道，曼迪眼睛里含着泪水，“我对亨利·詹姆斯有十分强烈的好感。”她说。

“詹姆斯怎么啦？”那旅行推销员问道，“莫非对他来说，美国不够好吗？”

斯克里普斯·奥尼尔在琢磨着这女服务员。她肯定有极好的家庭背景，这姑娘！知道那么多的趣闻轶事！靠了她的帮助，一个家伙一定能大有作为！他摸了摸蹲在柜台上的那只小鸟，鸟儿啄了啄他的手指。这小鸟是只鹰吧？是只猎鹰吧？从密歇根州某一家大猎鹰养殖场里来的。它或许是只知更鸟吧？大清早在什么地方的草坪上拉扯一条虫子来着。他琢磨着。

“你这鸟儿叫什么名字？”旅行推销员问。

“还没起名呢。你看叫它什么？”

“为什么不叫它埃里尔呢？”曼迪问道。

“或者叫普克。”斯克里普斯太太插话说。

“什么意思？”旅行推销员问。

“那是莎士比亚作品中的一个角色。”曼迪解释道。

“哦，放这鸟儿一马吧。”

“那你看叫它什么？”斯克里普斯转向旅行推销员问道。

“他不会是只鹦鹉吧？”旅行推销员问道。“是鹦鹉的话，就叫它波莉吧。”

“《乞丐的歌剧》中有个角色就叫波莉。”曼迪解释道。

斯克里普斯琢磨着，或许这鸟儿是只鹦鹉，从某位老小姐的舒适房子中走失的一只鹦鹉，那可是新英格兰某位老处女的未开垦的处女地啊！

“还是等你看清了它变成什么鸟儿再说吧！”旅行推销员建议说，“你有的是时间给它起名啊！”

这个旅行推销员有的是好主意，斯克里普斯可连这鸟儿的性别也不清楚，到底它是只小公鸟还是只小母鸟呢？

“等到看它下不下蛋就知道了。”旅行推销员想出个主意。

斯克里普斯紧紧盯着旅行推销员的眼睛，这家伙把我没说出口的想法都讲出来啦。

“你见多识广，旅行推销员。”他说。

“说起来，”旅行推销员谦虚地承认，“我这些年来推销可没白跑啊！”

“你这话可说对了，伙计。”斯克里普斯说。

“你弄到了一只好鸟，老兄。”旅行推销员说，“你想要好好保留这只鸟吧。”

这斯克里普斯是知道的。唉，这些个旅行推销员真是见多识广，在我们这辽阔广大的美国国土上跑来跑去。这些旅行推销员可仔细观察着呢，他们可不是傻瓜。

“听着，”旅行推销员说。他把压在前额上的圆顶呢帽朝后一推，弯身向前，往搁在他圆凳边的黄铜高痰盂中唾了一口唾沫。“我来给你们讲一段有一天在湾城碰到的美好的艳遇吧。”

曼迪弯身向前，斯克里普斯太太朝这旅行推销员弯过身去想要听得清楚些。旅行推销员歉意地望了望斯克里普斯，用食指摸了摸那鸟儿。

“改天跟你讲吧，老兄。”他说。斯克里普斯明白了他的意思，从厨房内通过店堂墙上的小窗传出一阵调门很高、使人荡气回肠的笑声。斯克里普斯仔细倾听着，这或许是那个黑人的笑声吧？他琢磨着。

第九章

每天早晨，斯克里普斯慢条斯理地上水泵制造厂去干活儿。斯克里普斯太太从窗口朝外望，注视着他沿着大街走去。现在他没有时间看《卫报》了，也没有时间看关于英国政局的新闻了，没有时间去为大洋对面的法国的内阁危机担心了。法国人是个很奇特的民族，这一切是怎么回事呢？要把她引导到什么地方去啊？

她现在有个男人啦，一个属于她自己的男人。她能保住他吗？能把他一直占为己有吗？她琢磨着。

斯克里普斯太太以前是个上了年纪的女服务员，现在是斯克里普斯·奥尼尔的妻子，他在水泵制造厂有份好工作。戴安娜是她本人的名字，也曾是她母亲的名字。她朝镜子中望去，心想能不能保住他。这一点开始成问题了，为什么他居然会认识曼迪呢？她可有勇气就此不再和斯克里普斯一起去那家餐厅吃饭？她不能陪他一起去了，他会一个人去的。这一点她清楚，要想遮住自己的眼睛不看是没有用的，他会一个人去，而且会跟曼迪谈谈，戴安娜朝镜子中望去。她能保住他吗？她无法摆脱这个想法。

她现在不能再叫那家餐厅小饭馆了——想到这一点她嗓子眼里有个疙瘩，使她觉得喉头僵硬、窒息。现在每晚在那家餐厅，斯克里普斯和曼迪一起聊天，这姑娘在尽力把他抢走。她，戴安娜，能保住他吗？

她就是个婊子，这个曼迪。莫非该这样干吗？莫非该干这码子事吗？去追另一个女人的男人？在夫妻之间插上一腿，破坏一个家庭？而且全靠没完没了的文坛旧闻，都是讲不完的趣闻轶事。斯克里普斯被曼迪迷住了，戴安娜暗自承认这一点，不过她还是可能保住他的。现在重要的就是这一桩了，要保住他，不能放他走，要让他留下！她又朝镜子中望去。

戴安娜订阅《论坛》，戴安娜看《导师》，戴安娜看《斯克里布纳氏杂志》上刊登的威廉·里昂·费尔普斯的文章；戴安娜沿着这静谧的北方城市的冰封大街走向公共图书馆，去看《文摘》的“书评栏”；戴安娜等邮差送来《书人》；戴安娜在雪地里，等邮差送来《星期六文学评论》；戴安娜这会儿没戴帽子，正站在越来越大的风雪中，等邮差给她送来《纽约时报》的“文学版”。这样做有什么用处吗？这样做了能保住他吗？

起初看来正是如此。戴安娜把约翰·法勒撰写的社论背了下来，斯克里普斯面露喜色，这时有点儿早先的光芒闪现在斯克里普斯的眼睛里，而后就消失了。在用词上犯下的一点小错、她对一个短语的理解方面犯下的失误、她的观点方面的某种分歧，使一切听上去显得很虚假。她一定要坚持下去，她没有被打垮，他是她的男人，她要保住他。她把目光从窗外移开，裁开放在桌上的那份杂志的包装封套，那是份面目一新的经过修订的《哈珀斯氏杂志》。或许这能管用，她琢磨着。

第十章

春天快到了，人们能感到春意了。外面正刮着奇努克风，工人们正从厂里出来回家。斯克里普斯的那只鸟儿在笼中鸣叫，窗子敞开着，戴安娜朝外望。戴安娜等着看到她的斯克里普斯从大街上走来。她能保住他吗？假如她保不住他，他会把他的鸟儿留给她吗？她最近经常觉得无法保住他。这一阵子，每天晚上，她一碰斯克里普斯的身子，他就转过身去，不对着她。这是个小迹象，但生活正是由各种小迹象组成的，她觉得无法保住他。她这时望着窗外，有一份《世纪》杂志从她神经麻木的手中掉下。这本杂志换了个新编辑，增加了木刻插图。格伦·弗兰克上某地的某个名牌大学去当头头了。那本杂志的人员中又增加了几位姓范多仑的。戴安娜心想这样做也许能管用。很幸运，她翻开那本《世纪》，看了整整一个早晨。后来那暖洋洋的奇努克风刮起来了，她清楚斯克里普斯就要回家了。正沿着大街走来的男人越来越多了，斯克里普斯在其中吗？她不想戴上眼镜来看清楚，她要斯克里普斯头一眼看到她的正是她的最佳状态。随着她觉得他越走越近了，她曾经对《世纪》抱有的信心变得微弱了，她曾经多么强烈地指望这样做能给她一些什么能保住他的东西，她现在已经没把握了。

斯克里普斯和许多心情激动的工人在大街上走来，斯克里普斯挥动着他的手提饭盒，他对工人们挥手告别，他们一个个走进一家以前开过酒馆的地方。斯克里普斯并不抬头朝窗子望，他登上楼。斯克里普斯越走越近了。

“中午好，亲爱的斯克里普斯。”她说，“我刚才在看鲁丝·苏科写的一个短篇。”

“你好，戴安娜，”斯克里普斯应道，他放下手提饭盒，她看上去憔悴而衰老，他大可以对她礼貌一点。

“这短篇都写了些什么，戴安娜？”他问道。

“写的是依阿华州一个小姑娘的事。”戴安娜说，她迎上前去，“写的是乡下的老百姓的事，使我有点儿想起我那家乡湖泊地区。”

“是这样吗？”斯克里普斯问道，水泵制造厂让他变得冷酷起来了，他讲的话变得斩钉截铁，更像这些冷酷的北方工人的谈吐了，但他的想法没有改变。

“你要我给你念一点儿听听吗？”戴安娜问道，“还有些可爱的木刻插图呢。”

“去那小饭馆吃饭如何？”斯克里普斯说。

“听你的，亲爱的。”戴安娜说，接着她的嗓音变了，“但愿——唉，但愿你根本没到过那个地方！”她擦掉泪水，斯克里普斯居然没看到她的泪水！“我把鸟儿带上，亲爱的。”戴安娜说，“它一整天没出去过。”

他们一起沿着大街向那小饭馆走去，他们现在并不手拉着手地走了，他们就像所谓的老夫老妻的样子了。斯克里普斯太太提着鸟笼，鸟儿在暖风中觉得很愉快。男人们蹒跚地一路走着，被春光陶醉了，走过他们身边。许多人对斯克里普斯说话，他现在是本城里的名人，受人尊敬和爱戴。有几个人一路蹒跚地走过，对斯克里普斯太太抬抬帽子致礼，她神情茫然地回了礼。假如我能保住他就好了，她这样想着。他们在这北方城市狭窄的人行道上的半融化的积雪中一路走去，她头脑里有什么东西在搏动起来，或许正是两人一起迈步的节拍吧，我保不住他。他们过马路时，斯克里普斯握住了她一条胳膊。他的手一碰上她的胳膊，戴安娜就清楚真是这么回事，她肯定保不住他。

一些印第安人在街头走过他们身边，他们在嘲笑她，还是在讲什么部落的笑话呢？戴安娜说不清楚，她只是感到自己头脑里在打着拍子，我保不住他。

第三部 大战中的男人们以及社会的消亡

第十一章

瑜伽·约翰逊从水泵制造厂里走出来，沿着大街走去。空气中带着一丝春意，雪正在融化，明沟里淌着雪水。瑜伽·约翰逊沿着街道中间走，一直踩着至今没有融化的冰雪走，他向左拐弯，走过熊河上的桥梁，河面上的冰早已融化，他注视着棕色的水流在打旋，下面，河道旁边，柳树丛上正在绽出嫩绿芽。

这是真实的奇努克风，瑜伽想。那工头让工人们走是对的，这种日子把他们留下是不安全的，什么乱子都可能出现，这厂子的主人懂得一点儿好歹。奇努克风一刮起来，就该让工人们离开工厂。这样，假如有什么人受伤的话，责任就不在他身上了。他没有因触犯雇主责任条例被抓去过。这些大水泵制造商很精明。

瑜伽很担心，他有点儿心事。春天来了，现在是毋庸置疑了，可是他并不想要女人，他最近为这一点非常担心。他昨晚去过公共图书馆，想找一本书。他看了看那位图书管理员，他并不想要她，不知为什么，她在他心目中毫无意义。在他买饭菜票用餐的那家饭店里，他曾经狠狠地盯过那名给他端饭菜的女服务员，他也并不想要她。他走过一群从中学走回家的姑娘们身边，他把她们仔细地打量了一番，他并不想要其中的哪一个。可以肯定地说出了什么毛病，他就要精神崩溃了吗？这就是世界末日吗？

得，瑜伽心想，或许就此不想要女人了，尽管我希望不是这样，可是我还保留着对马儿的喜好。他正在爬上熊河边那座陡峭的小山，山路一直通向上夏勒瓦的大路，这条山路其实并不太陡，但是瑜伽觉得陡，他感到两条腿受到了春天的影响，很沉重。他面前出现了一家粮食饲料店，店门前拴着一组漂亮的拉车的马儿。瑜伽向它们走去，他想摸摸它们，要使自己安心，毕竟还留下些值得的东西。他走上前去，靠近他的那匹马看着他。瑜伽伸手到口袋里去掏一块方糖，可他没有方糖。马儿把竖起的双耳向后倒，龇了龇牙。另一匹马儿猛地把头扭过去，莫非他对马儿的爱只能得到这样的回报吗？或许这些马儿毕竟有什么毛病吧？或许它们患了鼻疽或者跗节肉肿？或许马蹄柔软的蹄楔中嵌进了什么东西？或许它们是相好？

瑜伽继续爬山，向左拐上通往夏勒瓦的大路，他经过佩托斯基郊区最后一些房屋，走上开阔地上的大路。他右边有一片田野，一直延伸到小特拉弗斯湾，蔚蓝的湾水向外展开，汇入辽阔的密歇根湖。湾的对面，港泉城后边有一些长着松林的小山。再过去，在你眼睛看不到的地方，有印第安人聚居的十字村。从那地方再向北，就是麦基诺海峡和圣伊格纳斯，在水泵制造厂里跟瑜伽·约翰逊并肩干活儿的奥斯卡·加德纳在该城曾经历过一回奇特的艳遇。再过去就是苏，分别属于加拿大和美国，佩托斯基那帮更放浪不羁的家伙有时候上那边去喝啤酒，他们原先多开心啊！在远处，向另一个方向，密歇根湖的南端是芝加哥，斯克里普斯·奥尼尔在他第一次婚姻成为泡影的多事之夜曾经去过。那儿附近有印第安纳州的加里，那儿还有些大炼钢厂，那儿附近有印第安纳州的哈蒙德，那儿附近有印第安纳州的密歇根城，再过去就是印第安纳州的印第安纳波利斯了，布思·塔金顿就住在那儿。他得到的资料不对头，再向南就是俄亥俄州的辛辛那提，从那儿再过去是密西西比州的维克斯堡，从那儿再过去是得克萨斯州的韦科。

啊！我们美国的疆域真是辽阔广大！

瑜伽走过大路，在一堆原木上坐下，从那儿可眺望到那大湖。不管怎么说，大战结束了，他仍然活着。

头天晚上那图书管理员给了他一部由安德森写的书，其中有个人物。他到底为什么不想要那管理员呢？莫非麦基诺海峡位于密歇根州上、下半岛之间，东西连接着密歇根湖和休伦湖。是因为他以为她或许装着副假牙吗？莫非是因为什么别的原因吗？会有个小孩子去跟她说吗？他说不上来，反正这管理员跟他有什么相干？

安德森作品中的这个人物，他也当过兵，他在前线待了两年，安德森写道。他叫什么来着？弗雷德。这个弗雷德头脑里有些念头在翻腾——是恐惧之感。有一夜，在战斗的时期中，他外出游行——不，是巡逻——在真空地带，见到黑暗中有个人东倒西歪地一路走着，就向他开了枪，那人一头向前倒在地上。这是弗雷德蓄意杀人的唯一的一次，在战争中你不会大量杀人的，那本书上这么写着。你怎么不会啊，瑜伽想，假如你当步兵在前线待过两年的话，人们就那么死去。他们的确是这样，瑜伽想。安德森认为那次杀人对弗雷德来说，就是歇斯底里的行为，他和跟他在一起的士兵们原可以逼那家伙投降的，他们都犯了神经紧张的毛病。出了这次事后，他们都一起逃亡了。他们到底逃到了哪里？瑜伽很想知道。巴黎吗？

后来，枪杀此人这事儿使弗雷德总是想不开。这该是又美又真的事儿，士兵们就是这么想的，安德森写道。哪会是这样，据说，弗雷德在步兵团中在前线待过两年哪。

有两个印第安人在路上一路经过，小声嘀咕着，而且是冲着彼此的。瑜伽向他们打招呼，印第安人走过来。

“白种大酋长有嚼烟草吗？”一个印第安人问道。

“白种酋长带着酒吗？”另一个印第安人问道。

瑜伽递给他们一包盖世无双牌烟草和他那个随身带的扁酒瓶。

“白种酋长囤积了很多药品。”印第安人嘀咕道。

“听着，”瑜伽·约翰逊说，“我要给你们讲关于大战的事儿，这个话题是我感触很深的。”印第安人在原木堆上坐下来，有一个印第安人指指天空，“大神马尼托高高在上。”他说。

另两个印第安人对瑜伽眨眨眼，“白种酋长听了什么屁话都不信。”他嘀咕道。

“听着，”瑜伽·约翰逊说，于是他给他们讲关于大战的事儿。

大战对他而言并不是那么回事，瑜伽对这两个印第安人说，大战对他而言像是足球——美式足球，人家在大学里玩的那种，卡莱尔印第安学校。两个印第安人都点点头，他们去过卡莱尔那家学校。

瑜伽当过橄榄球中锋，而大战跟这个就是一回事，叫人非常的不愉快。你玩橄榄球拿到了球的时候，就弯下上半身，两腿分开，将球按在身体前面的地上。你得听信号，把它解读，然后把球恰当地传给别人。你必须一直念念不忘，你两手握着球的时候，等你传球时，他举起一只手朝你的脸啪的打来，用另一只手一把抓住你下巴的下面或者插进你的腋下，尽力把你向前拉，或者向后推，以形成一个空档可以让他穿过去，打破阵势。你应该拼命冲上前去，用身体把他硬撞出守卫的阵线，以使两人都倒在地上。优势全在他那边，你可没法把这说成是有意思的事儿。你握着球的时候，优势全在他那边，唯一的好事是等他握住了球，你就可以对他为所欲为了。这一来互相扯平了，并且有时候竟然能得到某种宽容的心情。橄榄球与战争一样，是叫人不高兴的，等你的心肠变得硬了，会感到鼓舞和刺激，而最主要的难处在于必须记住各种信号。瑜伽想的是战争，而不是军队。他是指战斗，军队可是另一回事。你可以顺着它，随波逐流，或者，跟它对着干，叫它把你毁了。军队是荒谬的玩意，而战争是另一回事。

瑜伽并不对他所杀的那些人念念不忘，他记得曾经杀了五个人，可能杀得更多。他并不相信你杀过的人会让你念念不忘，假如你在前线待了两年就不会这样。他认识的人大部分在杀第一个人时激动死了，麻烦的却是不要让他们杀得太多，困难的是怎样把俘虏送回去给那些对俘虏进行身份识别的人。你派一个人送两名俘虏回去，或许派两个人送四名俘虏回去吧。结果怎么样他们回来了，说俘虏们被密集火力消灭了。他们常常拿刺刀朝俘虏裤子的后裆碰一下子，等俘虏一跳就说，“你想逃跑，你这母狗养的”，就直向他后脑勺一枪打去，他们喜欢一枪打死。再说，他们不愿意通过该死的火力网回去，他们是从澳洲兵那儿学到这套规矩的。说到底，这些德国兵算得上什么呀？一群该死的德国佬而已。“德国佬”，如今听起来就像是个搞笑的词语。假如你在那边待过两年的话，就不会这样想了。他们会心肠软下来，对过火的行为感到内疚，怕自己也被打死，开始做些好事来积德了。然而这是当兵的第四阶段，变得温和的阶段。

一个参加过大战的优秀战士的心情是这样发展的：起初，你很英勇，因为你认为任何东西都不会打中你，因为你是什么特殊材料做成的，所以你清楚自己是肯定不会死的。后来你发现根本不是这么回事。这时你真的感到恐惧，不过假如你是个优秀战士的话，就能跟以前一样地尽职。后来，等你受了伤，但是没有被杀死，随着新兵到来，也通过你的那种思想转变过程，你心肠变硬，成为一个铁石心肠的优秀战士。接着是第二次精神崩溃，那要比第一次坏得多，你这才开始做好事，做个菲利普·锡德尼爵士式的小伙子，在天堂中积累财富。同时，必须要说的，还是一直跟以前一样尽职，这就像一场橄榄球赛一样。

不过真该死，任何人也没有理由来写战争，除非他至少根据道听途说了解些情况，文学对人们思想的影响太大了。以美国作家薇拉·凯瑟来说吧，她写了部战争小说，书中的最后部分全都取材于《一个国家的诞生》的情节，而美国各地的退役军人写信给她，告诉她他们是多么喜欢这本书。

一个印第安人睡着了，他咀嚼过烟草，睡着了嘴还噘起着。他正靠在另一个印第安人的肩膀上。这个醒着的印第安人指了指睡着的印第安人，又摇了摇头。

“哦，你觉得我讲的长篇大论如何？”瑜伽问他。

“白种酋长好思想很多，”印第安人说，“白种酋长教育程度很高。”

“谢谢你！”瑜伽说，他感动了。就在这儿的纯朴的土著居民中，这些唯一的真正的美洲人中，他找到了真正的交流。印第安人望着他，小心翼翼地扶住了那睡着的印第安人，以免他的头倒在积着雪的原木堆上。

“白种酋长参加了大战？”印第安人问道。

“我于1917年5月在法国登陆。”瑜伽说。

“我根据白种酋长讲话的样子就想或许参加过大战，”印第安人说，“他呀，”，他抬起那睡着的伙伴的头，夕阳的余辉照着他的脸，“他获得了维多利亚十字勋章，而我获得了优异服务勋章和带金杠的军功十字勋章。我是第四C.M.R.的少校。”

“很高兴认识你，”瑜伽说，他感到异样地惭愧。天色越来越暗了，在密歇根湖面远方水天相接的地方还有一线夕阳。瑜伽注视着这一线夕阳变成暗红色，变细，变成一道狭缝，然后消失，太阳掉到湖面下去了。瑜伽从原木堆上站起身来，印第安人也站起来，他弄醒他的伙伴，刚才在睡觉的那个印第安人站起来，看着瑜伽·约翰逊。

“我们上佩托斯基去参加救世军。”那个个儿较高、比较清醒的印第安人说。

“白种酋长也去。”那个个儿较矮、刚才在睡觉的印第安人说。

“我和你们一起进城。”瑜伽应道。这两个印第安人是干什么的呀？

太阳下去了，雪水泥泞的路面在硬化，又在结冰了。或许春天还不来呢，或许他不想要女人也没什么大不了的，既然春天没准还不来，要不要女人就成问题了。他要和这两个印第安人一起进城，找个漂亮的女人，看看要不要跟她搞。他扭身拐上这条如今已经冰封的大路，那两个印第安人在他身边走着，三个人都向着同一方向走去。

第十二章

三个人在暮色中沿着这冰封的大路走进佩托斯基。他们在这冰封的大路一路走来，始终默默无语。他们的鞋子踩破了新结起的冰层，瑜伽·约翰逊一脚踩穿一层薄冰，陷入一个水潭，那两个印第安人却避开了水潭。

他们走下山坡路过那家饲料店，走过熊河上的那座桥，靴子在桥板上发出空洞洞的声音，他们爬上小山，路过拉姆齐大夫的房子和那家家庭茶室，一直走到弹子房。在弹子房门前，两个印第安人停下来了。

“白种酋长打弹子吗？“那大个子印第安人问道。

“不打，”瑜伽·约翰逊说，“我的右胳膊在大战中弄残了。”

“白种酋长运气不好，”那小个子印第安人说，“来一局对号落袋弹子戏吧。”

“他两臂两腿在伊普尔给打断了，”大个子印第安人对瑜伽小声说，“他敏感得很。”

“好吧，”瑜伽·约翰逊说，“我来打一局。”

他们走进炎热的弥漫着烟雾的弹子房，他们找到了一张弹子台，从墙上取下球杆。那小个子印第安人伸手去取下他的球杆时，瑜伽发现他装着两条假胳膊。它们是用棕色皮革做成的，两条都是扣在手拐儿上的。在这平整的绿呢台上，在明亮的灯光下，他们一起玩起来。一个半小时以后，瑜伽·约翰逊发现他欠了这小个子印第安人4块多钱。

“你打得真不错。”他对小个子印第安人说。

“大战以来我打得不及过去好了。”小个子印第安人应道。

“白种酋长想喝点儿酒吗？”大个子印第安人问道。

“你到哪里喝去啊？”瑜伽问道，“我要喝着去希博伊根。”

“白种酋长陪红种哥们儿走吧。”大个子印第安人说。

他们离开弹子台，把球杆搁在墙上的搁架上，在柜台付了钱，就走出去了。

黑漆漆的街道上，人们悄悄地走回家去。霜冻开始了，把什么都冻得又硬又冷。那奇努克风毕竟不是真正的奇努克风，春天还没来到，那些已经开始喝酒作乐的人被空气中的寒气打断了，这寒气对他们表明这奇努克风是假的。那名工头，明天要倒霉了，瑜伽想，或许这都是那些水泵制造商策划的把戏，为了解雇这名工头，这种事是有过的。一小群人穿过黑夜悄悄地走回家去。

那两个印第安人和瑜伽一起走着，一边一个。他们拐上一条小街，三个人在一座看上去像马房的房子前都停了步。那正是一座马房，两个印第安人打开了门，瑜伽跟着他们走进去。有架梯子向上通往上面的那层楼，马房里伸手不见五指，有个印第安人划了根火柴让瑜伽看清楚梯子。那小个子印第安人先爬上去，两条假腿上的金属铰链在他爬楼时嘎吱作响。瑜伽跟着他上楼，另一个印第安人最后爬上去，划了几根火柴照亮瑜伽的路。小个子印第安人在梯子靠墙的顶端的顶篷上敲敲，有人也敲了一下。小个子印第安人再敲敲，在他头顶的顶篷上清脆地敲了三下。顶篷上有扇活板门给抬起来，他们就全都向上爬进那间点着灯的屋子。

屋子一角有张吧台，前面有道黄铜横杆，放着几个高高的痰盂，吧台后面安着一面大镜子，室内四下放着几把安乐椅，还有一张弹子台。一边墙上挂着一行夹在木杆报夹中的杂志，墙上挂着一幅镶着镜框的亨利·华德华斯·朗费罗亲笔签名的画像，框上围着美国国旗。有一些印第安人正坐在安乐椅上看着书，一小群人站在吧台前。

“不错的小俱乐部，呃？”有个印第安人走上前来说，和瑜伽握手，“我几乎每天在水泵制造厂见到你。”

他是个在厂里一台靠近瑜伽的机器前干活儿的工人。另一个印第安人走上前来，也和瑜伽握手，他也在水泵制造厂内干活儿。

“真晦气，这阵奇努克风。”他说。

“是啊，”瑜伽说，“一场虚惊而已。”

“过来喝一杯吧。”那第一个印第安人说。

“我跟人家一起来的。”瑜伽应道，“这些印第安人到底是什么人呀，把他们也带过来吧。”第一个印第安人说，“多个把人，也能坐得下的。”

瑜伽往四下一望，带他来的那两个印第安人不见了。他们去哪里了？随后他看见他们了。他们在弹子台边，这个和瑜伽说话的有教养的高个儿印第安人随着他的目光看去，他会意地点了点头。

“他们是林地印第安人，”他用辩解的口吻解释道，“我们这儿多半是城市印第安人。”

“对，当然啦。”瑜伽表示同意。

“那个小家伙的战绩十分出色，”有教养的高个儿印第安人说，“我记得另一个家伙也是位少校。”

瑜伽由这个有教养的高个儿印第安人领到吧台前，吧台后面站着那个酒保，他是个黑人。

“来点狗头牌麦芽酒如何？”印第安人问道。

“好。”瑜伽说。

“两杯狗头牌，布鲁斯。”印第安人对酒保说，酒保发出一阵格格的笑声。

“你笑什么，布鲁斯？”印第安人问。

黑人发出一阵尖利的萦绕在人们心头的笑声。

“我早知道，红狗主子，”他说，“我早知道你总是要狗头牌的。”

“他是个快活人。”印第安人对瑜伽说，“我该作个自我介绍。”

“我是红狗。”

“我叫瑜伽·约翰逊。”瑜伽说。

“啊，我们都非常熟悉你的大名，约翰逊先生。”红狗带着微笑说，“我想向你介绍我这几位朋友，坐牛先生、中毒水牛先生和朝后奔臭鼬酋长。”

“坐牛这名字我知道。”瑜伽说着，和他们一一握手。

“啊，我可不是那些个坐牛中的一个。”坐牛先生说。

“朝后奔臭鼬酋长的曾祖父从前出卖整个曼哈顿岛，拿到了几串贝壳币。”红狗解释道。

“真太有意思了。”瑜伽说。

“对我家而言，这点儿贝壳币真是贵重。”朝后奔臭鼬酋长带着懊恼的苦笑说。

“朝后奔臭鼬酋长还收藏着一些这种贝壳币，你想看看吗？”红狗问道。

“说实话，我倒很想看看。”

“实在跟其他贝壳币没什么不同。”朝后奔臭鼬酋长不以为然地解释道。他从口袋里拿出一串贝壳币，递给瑜伽·约翰逊。瑜伽充满好奇地看着，这串贝壳币在我们美国起过什么样的作用啊？

“你喜欢拿一两串贝壳币作个纪念吗？”朝后奔臭鼬酋

长问。

“我可不想拿你的贝壳币。”瑜伽表示不愿意。

“它们本身其实没什么价值。”朝后奔臭鼬酋长边解释道，边从那一串上取下一两枚贝壳。

“它们的价值对朝后奔臭鼬酋长家实际上是感情上的。”红狗说。

“你真是太客气了，朝后奔臭鼬先生。”瑜伽说。

“这算不了什么，”朝后奔臭鼬说，“等会儿你也会对我这样做的。”

“你很客气。”

吧台后边，那个黑人酒保布鲁斯始终朝前弯着身子，看那些贝壳币被递来递去。他那张黑脸容光焕发，没作任何解释，他发出一阵高调门的不加节制的大笑，那是黑人的那种笑。

红狗尖刻地看着他。“我说，布鲁斯，”他尖刻地说，“你的笑有些不合时宜。”

布鲁斯止住笑，拿块毛巾擦了擦脸，他抱歉地转动着眼睛。

“唉，憋不住啊，红狗主子。我看到屋后茅房臭鼬先生把那几串贝壳币递来递去，就实在无法忍下去了。他干吗为了那几串贝壳币就把像纽约那样的大城市出卖呀？把你们的贝壳币拿走！”

“布鲁斯是个怪人，”红狗解释道，“然而他是个呱呱叫的酒保和心肠好的家伙。”

“你这话说对了，红狗主子，”酒保向前弯着身子说，“我有颗纯金打造的心。”

“不过他还是个怪人，”红狗表示歉意，“管理委员会一直要我另找一名酒保，可我就是喜欢这家伙，说来也蛮怪的。”

“我是不碍事的，老板，”布鲁斯说，“不过就是看到了什么逗乐的事儿就是不笑不行，你知道我是没有一点儿恶意的，老板。”

“说得好，布鲁斯，”红狗表示同意，“你是个老实人。”

瑜伽·约翰逊向室内四下一望，另外那几个印第安人从吧台边跑开了，朝后奔臭鼬酋长正在把贝壳币给一小群刚进来的穿着晚礼服的印第安人看。那两个林地印第安人还在弹子台边玩，他们脱掉上衣，弹子台上方的灯照在那矮个子林地印第安人两条假臂的金属关节上，闪闪发亮。他一连赢了11盘。

“那小家伙要不是在大战中碰到了点儿恶运，一定能成为一名打弹子高手。”红狗发表意见说，“你可想到俱乐部的各处看看吗？”他从布鲁斯手中接过账单，签上字，瑜伽就跟着他走进隔壁房间。

“我们的会议室。”红狗说。只见四面墙上挂着装在镜框里的本德尔酋长、弗兰西斯·帕克曼、戴·赫·劳伦斯、迈耶斯酋长、斯图尔特·爱德华、怀特、玛丽·奥斯丁、吉姆·索普、卡斯特将军、格伦·华纳和梅布尔·道奇的亲笔签名照，还有一幅亨利·华德·华斯·朗费罗的全身像。

从会议室再过去是一间更衣室，有一个很小的浴池或者可说是游泳池吧。“对一家俱乐部而言，真是小得很。”红狗说，“不过如果晚上过得没劲儿，这倒是个可以跳进去舒服一下的小池子。”他微微一笑，“我们管它叫棚屋，这是我本人的小小的得意之作。

“是个很不错的俱乐部。”瑜伽热情洋溢地说。

“乐意的话可以提名让你加入，”红狗提出建议，“你属于哪个部落？”

“你什么意思？”

“你的部落？你是什么——索克族的‘狐人’？吉布瓦族克里族，我看是吧。”

“喔，”瑜伽说，“我父母是瑞典人。”

红狗对他仔细打量。

“你不是在哄我吧？”

“不，他们是瑞典人或者挪威人。”瑜伽说。

“我早该吃准你长得有点儿白种人的味道，”红狗说，“这一点能及时地真相大白，真是大好事，已经招到了不少闲话啦。”他伸出手按在头上，噘起了嘴。“听着，你，”他猛地转过身来，一把揪住瑜伽的马甲，瑜伽感到有支自动手枪的枪口硬邦邦地顶在他的腹部。“你悄悄地走出这间会议室，拿上你的大衣和帽子走人，只当没发生过什么事儿。碰到有人跟你说话，客气地对他说声再见，而且绝对不要再来。听懂了吧，你这瑞典佬。”

“懂了，”瑜伽说，“收起你的枪。我可不怕你有枪。”

“照我说的做。”红狗下命令了，“至于那两个把你带来的打弹子的，我会把他们开除的。”

瑜伽走进那间灯光明亮的屋子，看了看吧台，只见那酒保布鲁斯正在那儿打量着他，他就拿了帽子和大衣，对朝后奔臭鼬酋长说了声再见，臭鼬还问了声干吗这么早就走，而布鲁斯正把通外面的活板门向上拉开。瑜伽走下梯子，这黑人发出一阵大笑。“我早看出了，”他笑着说，“我一开头就看出了，哪个瑞典佬也骗不了老布鲁斯。”

瑜伽回头一看，只见那黑人那张大笑的黑脸给框在透过拉起的活板门射下的长方形灯光圈中。一走进这马房，瑜伽就向四下望望，只有他一个人。这旧马房中的麦秆踩上去很硬，给冻住了。他刚才去了哪里？到过一家印第安人的俱乐部吗？这一切是怎么回事呀？莫非就这么完了？

他上方的顶篷上漏下一道窄窄的灯光，接着就被两个黑黝黝的身子挡住了，只听得一连串重击声，几声沉闷，几声清脆，接着就有两个像人形的东西从梯子上滚下来。从上面飘下一阵萦绕在人们耳朵中的黑人的笑声。

那两名林地印第安人从地上的麦秆上爬起来，一瘸一拐地向门口走去。那个矮个子，哭了。瑜伽跟着他们走进外面的寒夜。天气冷得很，夜色晴朗，星星都出来了。

“俱乐部一点儿也不好，”那高个子印第安人说。

“俱乐部不好。”那矮个子印第安人哭着说。瑜伽就着星光，看见他弄丢了一条假臂。

“我从此不打弹子了。”矮个子印第安人抽泣着说，他向俱乐部的窗子挥了挥留下的那条手臂，窗内漏出了一条窄窄的灯光。“俱乐部真的不好。”

“不要放在心上，”瑜伽说，“我为你在水泵制造厂找份工作。”

“水泵制造厂，那算了吧，”高个子印第安人说，“我们都去参加救世军吧。”

“别哭了，”瑜伽对那矮个子印第安人说，“我给你买条新手臂。”

那矮个子印第安人还是不停地哭，他在覆盖着积雪的路面上坐下来。“不能打弹子了，我什么都不在乎了。”他说。

从他们上方的俱乐部的窗子里传出一阵萦绕在人们耳朵中的一个黑人的大笑声。

第四部　一个伟大民族的消亡以及美国人的形成和败坏

第十三章

瑜伽·约翰逊沿着静静的大街走去，一条胳膊勾住那矮个子印第安人的肩膀。那高个子印第安人和他们俩并肩走着，那矮个子印第安人弄丢了一条假臂，那高个子印第安人也参加过大战，瑜伽·约翰逊同样也参加过大战。他们三个人走啊，走啊。他们到哪里去呀？他们能到哪里去呀？还留下什么指望啊？

街角上有盏路灯在一根向下垂的电线上晃荡着，把灯光射在雪地上。高个子印第安人突然在灯下停了下来。“赶路不会把我们领到什么地方去，”他嘀咕道，“赶路没用，让白种酋长说话吧。我们去哪儿，白种酋长？”

瑜伽·约翰逊不清楚，很明显，赶路解决不了他们的问题。赶路本身没错，一大帮考克西失业请愿军为寻找工作向华盛顿前进。瑜伽想：他们要上哪里去呀？什么地方也没有。瑜伽对这一点再清楚不过了，什么地方也没有，根本什么地方也没有。

“白种酋长讲吧。”那高个子印第安人说。

“我说不上，”瑜伽说，“我根本不清楚。”莫非这就是他们为之打那场大战的原因吗？莫非这就是这回事的一切吗？看来正是如此。瑜伽站在街灯下琢磨着。那两个印第安人穿着麦基诺厚呢上衣。其中的一个有只空袖子。他们都在琢磨着。

“白种酋长不说？”高个子印第安人问。

“对。”瑜伽能说什么呢？有什么可说的呢？

“红哥们儿讲，好吗？”印第安人问。

“讲出来吧。”瑜伽说，他低头看着地上的积雪。“现在什么人都一个样。”

“白种酋长可曾去过布朗小饭馆？”高个子印第安人问，在弧光灯下他紧盯着瑜伽的脸。

“没有。”瑜伽感到十分沮丧。莫非就这么完了？一家小饭馆也跟其他任何地方差不多吧，干吗不去呢？这些印第安人了解这个城市，他们是复员军人，他们都立下过赫赫战功，这一点他自己清楚。

“白种酋长陪红哥们儿一起去吧。”高个子印第安人把一条手臂伸进瑜伽的臂弯里，矮个子印第安人和他们齐步行进。“向小饭馆进发。”瑜伽悄声说，他是个白人，可是受够了委屈。他才明白，归根结底，白种人或许并不总是至高无上的吧。这场穆斯林的叛乱，东部不太平。西部闹乱子，南部看来也光景暗淡，如今北部发生了这种情况，这情况要把他带到什么境地呢？这一切在向着什么方向发展？想要一个女人，这对他有什么好处吗？春天会来吗？这样做值得吗？他琢磨着。

他们三个人在佩托斯基冰封的街道上大步走着，这时是有什么目的地的。于斯曼写过《在途中》，读法文原著该是很有趣的，他改天得试试。巴黎有条街就是以于斯曼命名的，就在格特鲁德·斯泰因的住处拐一个弯的地方。啊，这个女人真是了不起！她那些文字实验把她引导到了什么地步啊！这是怎么回事呀？这一切发生在巴黎。巴黎又是早晨了，巴黎的正午，可能吧。干吗不呢？瑜伽·约翰逊大步向前走去，他的思绪永远平静不下来。

他们三个人一齐大步向前走，有胳膊的人的胳膊都勾住了对方的胳膊，红种人和白种人一起步行。有什么事儿使他们走到一块儿来了？是那场大战吧？是命运吧？是意外吧？还是仅仅是机遇吧？这些问题在瑜伽·约翰逊头脑里互相较着劲，他的头脑疲倦了，他最近想得太多了。他们继续大步向前走，后来，他们一下子停下了脚步。

矮个子印第安人抬头望着那招牌，它在那小饭馆外结着霜花的窗子上闪亮着。

“大大的试试看吧。”矮个子印第安人嘀咕道。

“白人开的小饭馆有好多美味的带骨牛排。”高个子印第安人嘀咕道，“信红哥们儿的话吧。”两个印第安人站在门外，显得有点儿拿不定主意。高个子印第安人转身问瑜伽：“白种酋长有美钞吗？”

“对，我带着钱。”瑜伽回答，他做好准备把这事干到底，如今可没法回头啦，“我来请客，小伙子们。”

“白种酋长是天生的好心人。”高个子印第安人嘀咕道。

“白种酋长粗中有细。”矮个子印第安人表示同意。

“你们也会对我这样干的。”瑜伽不以为然，“或许这毕竟是这么回事，他在碰运气。他一度在巴黎碰过运气，斯蒂夫·勃洛第碰过运气。或许只是人家说说，全世界每天都有人在碰运气，在中国，在埃及，在波兰，在俄罗斯，在爱尔兰，亚美尼亚——”

“亚美尼亚人不碰运气，”高个子印第安人悄声嘀咕道，他讲出了瑜伽没说出口的疑问，他们是机灵人，这些个红种人。

“连做地毯生意也不碰运气？”

“红哥们儿认为不碰。”那印第安人说，他的口气在瑜伽听来富有说服力。这些印第安人是什么人呀？这一切有些什么缘由吧？他们走进这小饭馆。

第十四章

他们都在这小饭馆内，有些人并没有看见其他人，每个人都专注着自己。红种男人专注着红种男人，白种男人专注着白种男人或者白种女人。那里没有红种妇女，莫非再也没有印第安妇女了吗？印第安妇女怎么啦？我们在美国已失去印第安妇女了吗？有个印第安妇女静悄悄地从她打开的店门走进屋来，她只有一双旧的鹿皮软帮鞋。她背上背着个婴儿，一只壮实的狗跟着她。

“不要看！”那旅行推销员对吧台前的妇女们一声大叫。

“来！把她撵出去！”小饭馆老板大叫。那印第安妇女被黑种厨子强行驱逐出去，大家听到她在外面雪地上四处走动的声音，她那只壮实的狗在汪汪叫。

“我的天哪！这会惹起什么坏事来啊！”斯克里普斯·奥尼尔用一条餐巾擦着自己的脑门说。

那些印第安人面无表情地注视着，瑜伽·约翰逊刚才动弹不得，女服务员们拿餐巾或者不管什么近在手边的东西遮住了脸，斯克里普斯太太拿《美国信使》遮住了两眼，斯克里普斯·奥尼尔头脑发晕，身子发抖……那个印第安妇女走进屋时，有些什么感触，有些什么模糊的感情在他心里翻腾。

“不知道这印第安妇女是从哪里来的？”旅行推销员问。

“她是我的印第安女人。”矮个子印第安人说。

“老天爷啊，伙计！你就不能给她穿上衣服吗？”斯克里普斯·奥尼尔哑声哑气地说，他的话里带着惊骇的意味。

“她不爱穿衣服，”矮个子印第安人解释道，“她是林地印第安人。”

瑜伽·约翰逊没有听，有什么东西在他心里破裂了，那印第安妇女走进屋时，有什么东西在他心里啪的断裂了。他产生了一种新的感受，一种他原以为已经一去不复返的感受，他这才清楚这是种错觉。他如今没问题了，仅仅出于偶然，他明白过来了。假如这个印第安妇女从来没有走进过这小饭馆，他什么念头才不会有呢？他刚才在琢磨的是怎样阴郁的念头啊！他正处在自杀的边缘，就在这小饭馆内，这会是何等的大错啊！他现在明白了，他差点儿把生活弄得一团糟，他差点杀死自己！现在让春天来吧，让它快来吧！来得再快也不为过，让春天快来吧！他已经做好准备了！

“听着，”他对那两个印第安人说，“我想把我在巴黎的那次艳遇讲给你们听。”

那两个印第安人把身子向前靠靠，“白种酋长说吧。”那高个子印第安人说。

“我原先还以为我在巴黎碰到了一次十分美好的艳遇呢，”瑜伽说，“你们印第安人了解巴黎吗？好，结果却成了我一生遇到过的最糟糕的经历。”

两个印第安人了解他们见过的巴黎。

“那是我假期的第一天。我正在马尔塞布林荫大道上走着，一辆汽车驶过我的身边，一个美女把头探出车窗。她叫我，我就走过去，她把我带到一栋房子那里，更确切说是座大厦，它位于巴黎的一个偏僻地区，在那儿我经历了一段十分美好的艳遇。事后有人把我从一扇和我进屋时不同的门里送出来，那美女曾经和我说她将永远不能再和我见面，我想把那大厦的门牌号码记下来，但是它不过是那个街区很多看上去一样的大厦中的一座。”

“此后一直到我假期结束我总想法再见见那位美女。有一次我以为在戏院里看到了她，结果不是她。还有一次我看到了一个女人在一辆开过的出租车里，我以为是那个女人，就上了另一辆出租车去追，结果那出租车不见了。我几乎绝望了！最后，在我假期的倒数第二夜，我感到绝望而无聊，就和一个自称能保证带你去逛遍巴黎的导游一起出去，我们去游览了各种各样的地方，‘你带我去的地方都在此了吗？’我问那个导游。‘这里还有一个货真价实的地方，不过费用很高。’导游说。我们最后商定了一个价钱，那个导游就带我去。那个地方在一座旧的大厦内，墙上有一道窄缝，沿着这墙有不少人透过窄缝向里望，透过窄缝可以看见所有协约国的穿各种军装的男人，还有很多穿晚礼服的南美洲的美男子。我也透过一道窄缝看，什么事也没有发生。后来有个美女领着一位年轻的英国军官走进房来，她脱掉裘皮长大衣和帽子，把它们扔在一把椅子上，那个军官解下他的山姆·布朗武装带。我认出了她，她就是那位我那次艳遇发生时跟我在一起的女人。瑜伽·约翰逊看着那个豆子吃光后剩下的空盘子，‘自此以后，’他说，‘我就一直没有想要过女人。我受到了多大的伤害，我说不清楚，但是我受到了。我把这事归结于大战，我归结于法国，我归结于道德败坏，我归结于那年轻的一代。我归结于这个，又归结于那个，现在我痊愈了。这5块钱给你们，哥们儿，’他两眼闪闪发亮，‘再弄点东西吃吧。我一生最开心的事是去什么地方旅游。’”

他从柜台前的圆凳上站起来，凭着冲动跟一个印第安人握了握手，把一只手在另外那个印第安人肩上拍了一下，然后打开小饭馆的门，大步走进暮色中。

那两个印第安人互相看着，“白种酋长是好人。”那高个子印第安人说。

“你认为他参加过大战吗？”矮个子印第安人问。

“我不能确定。”高个子印第安人说。

“白种酋长说过要给我买条新的假臂。”矮个子印第安人抱怨道。

“或许你已经得到比这个更多了。”高个子印第安人说。

“我不能确定。”矮个子印第安人说，他们继续吃东西。

在这家小饭馆的柜台的另一端，一段婚姻关系就快结束了。

斯克里普斯·奥尼尔和他太太并肩坐着，斯克里普斯太太这时清楚了，她保不住他。她努力过，但失败了，她知道这是一场必败的比赛，现在无法保住他了。曼迪又在讲话，他这才清楚上了当，那些没完没了、滔滔不绝的文坛闲话使得戴安娜的婚姻就快结束了。她保不住他，他要从她身边飞走了。戴安娜忧愁地坐在那儿，斯克里普斯在听曼迪讲话，曼迪讲着，那个旅行推销员现在是个老朋友了，他坐着看他的底特律《新闻报》。她保不住他。

那矮个子印第安人从这家小饭馆柜台前的圆凳上站起来，走到窗前，窗玻璃上结满了厚厚的白霜。他在这结霜的窗框玻璃上哈了口气，拿他的麦基诺厚呢上衣的那只空袖子擦掉那一摊霜，向外面的暮色中望去。突然，他从窗前一转身，冲到外面的暮色中。那高个子印第安人看他走了，慢吞吞地吃完饭，拿起一支牙签，插进牙缝中，然后跟着他的朋友也走进暮色中。

第十五章

这时小饭馆里只剩下他们这几个人了，斯克里普斯、曼迪和戴安娜，只有那个旅行推销员陪着他们，他现在是个老朋友了。然而今晚他神经紧张不安，他折好报纸，朝门口走去。

“大家再见了。”说着他走到外面的暮色中，看来只有这样做了。

这时在这小饭馆里只剩下他们三个了——斯克里普斯、曼迪和戴安娜。曼迪倚在柜台上讲话，斯克里普斯两眼紧盯着曼迪，戴安娜这时并不假装在听了。她清楚如今一切都完了，可是她还想再试一次，最后勇敢地再试一次，或许她还能保住他，或许这一切不过是场梦。

“斯克里普斯，亲爱的。”她说，她的嗓音有点儿发抖。

“你有什么想法？”斯克里普斯突然问。啊，又讲这一套可怕的简短的话了。

“斯克里普斯，亲爱的，莫非你不想回家吗？”戴安娜的嗓音发着抖，“有一份新的《信使》。”她完全是为了讨好斯克里普斯，才不订《信使》，而订《美国信使》的。“刚刚寄到。希望你想要回家，斯克里普斯，这期《信使》上有篇了不起的文章。回家吧，斯克里普斯，我从来没对你提出过什么要求。回家吧，斯克里普斯！唉，莫非你不愿意回家吗？”

斯克里普斯抬眼一望，戴安娜的心跳加快了，或许他会走的，或许她还保住他

“回去吧，斯克里普斯，亲爱的，”戴安娜轻轻地说，“上面有篇门肯写的关于推拿专家的社论。”

斯克里普斯看着别处。

“你不愿意走吗，斯克里普斯？”戴安娜恳求他。

“我不走，”斯克里普斯说，“我不在乎什么门肯不门肯了。”

戴安娜低下头去。“唉，斯克里普斯，”她说，“这下子完蛋了。”她现在终于找到答案了，她失去了他，这事已经过去了，结束了。她坐在那里悄悄地哭，而曼迪又在讲话了。

戴安娜突然直起了身子，她有一个最后的请求要提出来，她要向他提出一个要求，他或许会拒绝，或许不会答应，但是她要向他提出来。

“斯克里普斯，”她说。

“你有什么问题吗？”斯克里普斯烦躁地转过身来，或许他觉得对不住她，他琢磨着。

“我可以拿走这只鸟吗，斯克里普斯？”戴安娜的嗓音突然变了。

“当然可以。”斯克里普斯说，“有什么不可以呢？”

戴安娜提起鸟笼，鸟儿正熟睡着，它用一条腿儿站着，就像他们第一次相识的那一晚那样。它像只老鹗，一只来自她家乡湖泊地区的老得不行的鹗。她把鸟笼紧紧贴在身上。

“谢谢你，斯克里普斯。”她说，“谢谢你给我这只鸟。现在我必须走了。”

悄悄地，静静地，她把披巾紧裹在身上，抓起那个鸟笼，把那份《信使》贴在胸前，只回头瞥了一眼，对曾经属于她的斯克里普斯瞥了最后一眼，然后打开小饭馆的门，走进外面的暮色里。斯克里普斯居然没有看见她走，他聚精会神地听曼迪讲话。

“那只她刚刚拿走的鸟儿。”曼迪讲着。

“哦，她拿走了一只鸟吗？”斯克里普斯问，“把这轶事讲下去吧。”

“你一直纳闷那是只什么鸟。”曼迪接着说。

“你说得对。”斯克里普斯表示同意。

“这使我想起一件有关戈斯和布盖侯爵的轶事。”曼迪继续说。

“讲一讲吧，曼迪。”斯克里普斯说。

“我有个好朋友，福特，你听我过去提起过的，在大战期间在那侯爵的城堡里待过。他的部队就驻扎在那边，而那侯爵是英国最富有的人之一，假如还不好算是最富有的话，正在福特的部队里当一名小兵。有一天晚上，福特坐在那间书房里。那间书房是个不一般的地方，四面的墙壁是用一块块金砖镶在花砖的中间砌成的，我想不起来到底是怎么样的了。”

“讲下去，”斯克里普斯说，“想不起没关系。”

“不管怎么说，那书房一面墙壁的中间镶着一只玻璃框，里面放着一只剥制的红鹳。他们可懂得室内装饰，这些英国人。”斯克里普斯说。

“你妻子是英国人，是吗？”曼迪问。

“是湖泊地区人。”斯克里普斯回答，“把这轶事讲下去吧。”

“好，不管怎么说，”曼迪讲下去，“有天晚上集体吃完饭后，福特正坐在那书房内，男管家走进来，说：‘布盖侯爵向您致意，他能不能带刚才跟他一起吃饭的朋友来参观书房？’他们经常允许他外出吃饭，有时还允许他在城堡里过夜。福特说，‘是啊。’于是侯爵穿着列兵制服走进来，后面跟着埃德蒙·戈斯爵士和牛津大学的某位教授，我一时想不起名儿来了。戈斯在那玻璃框里的剥制红鹳前停住了，说，‘这是什么啊，布盖？’”

“是只红鹳，埃德蒙爵士。”侯爵回答。

“这可不是我心目中的红鹳啊！”戈斯说。

“对，戈斯。这是上帝心中的红鹳。”那位某某教授说。

“但愿我想得起他的名字。不用费心。”斯克里普斯说。他两眼发亮，他弯身向前。

他身子里有什么东西在怦怦地跳动，是他不能控制的东西。“我爱你，曼迪，”他说，“我爱你，你是我的女人。”那东西在他身子里一个劲地跳动，停不下来。

“没问题。”曼迪应道。“我早就意识到你是我的男人了。你想再听一件轶事吗？是关于女人的。”

“讲下去吧，”斯克里普斯说，“你一定不要停下，曼迪，你现在是我的女人了。”

“当然，”曼迪点头同意，“这件轶事讲到当年克努特·汉姆生在芝加哥当有轨电车售票员。”

“讲下去，”斯克里普斯说，“你现在是我的女人了，曼迪。”

他暗自把这句话一遍遍地重复，你是我的女人，她是我的女人，那是我的女人。然而，不知为什么，他并不觉得满意。在某处，以某种方式，肯定还有什么别的东西。我的女人，这词儿现在听上去有点儿空洞。那个印第安妇女悄悄地大步走进房来，这一幕骇人听闻的情景又袭上他的心头，尽管他尽力把它排除掉。那个印第安妇女没有穿衣服，因为她不喜欢衣服。能吃苦耐寒，勇敢地面对寒冷的冬夜，还有什么春天不可能带来的呢？曼迪在这小饭馆内讲着，曼迪在讲她知道的一件件轶事。小饭馆内，时间越来越晚了，曼迪继续讲着，她现在是他的女人了，他是她的男人。可他真是她的男人吗？斯克里普斯脑海里出现那个印第安妇女的幻象，那个事先没有通知就大步走进小饭馆的印第安妇女，那个被扔到外面雪地上的印第安妇女。曼迪继续讲着，讲着文坛旧闻，都是一些真实可靠的事件，它们听上去就像是真的，但是有了这些就够了吗？斯克里普斯说不准。她是他的女人，可是能维持多长时间呢？斯克里普斯说不准。曼迪在小饭馆里继续讲着，斯克里普斯听着，可是他走神了，走向哪里去了？走进外面的暮色中去了。

第十六章

佩托斯基之夜。午夜过去好长时间了，小饭馆里亮着一盏灯。

这小城在北方的月亮下熟睡着。朝北望去，G.R.&I.铁路的铁轨远远地伸向北方，在这冰封的北方小城的北面，有一男一女在铁轨上肩并肩地走着。那是瑜伽·约翰逊和那个印第安妇女。

瑜伽·约翰逊默默地脱掉衣服，把它们扔在路轨边，他只穿了一双制泵工人穿的旧鞋。他赤身裸体地在月光下，在那印第安妇女身边向北走去。那个印第安妇女在他身边大步走着，她把邓树皮摇篮中的婴儿背在背上，瑜伽想要把这婴儿从她背上拿下。他要背这婴儿，那条健壮的狗哀叫着，舔瑜伽·约翰逊的脚后跟。不，那个印第安妇女要亲自背这婴儿。他们大步向前走，深入北方的夜色。

他们后面有两个人影走上前来，在月光下鲜明地刻画出来，是那两个林地印第安人。他们弯下身去，把瑜伽·约翰逊扔掉的衣服收起来。他们偶尔互相咕哝一声，在月光下悄悄地大步走着，他们锐利的目光没漏掉一件被丢掉的衣服。等最后一件衣服被捡了起来，他们便向前望去，看到前面的远方月光下有两个人影。那两个印第安人直起身来，他们检查那些衣服。

“白种酋长穿着时髦。”那高个子印第安人边说边举起一件绣着姓名首字母的衬衫。

“白种酋长都快觉得怪冷。”矮个子印第安人说，他把衣服递给那高个子印第安人，高个子印第安人把所有的衣服卷成一团，两人就沿着轨道回头向城区走去。

“给白种酋长保存好这些衣服，还是卖给救世军呢？”矮个子印第安人问。

“卖给救世军好，”高个子印第安人咕哝道，“白种酋长或许再不回来了。”

“白种酋长准会回来。”矮个子印第安人咕哝道。

“反正卖给救世军好，”高个子印第安人咕哝道，“春天一到，白种酋长反正得添新衣服的。”

他们在轨道上向城区走去，空气好像变得温暖了。两个印第安人这时走路不稳了，透过路轨旁边的落叶松和柏树，吹来一股暖风，路轨旁边被风堆起的雪在融化。什么东西在这两个印第安人身子里蠕动，是某种奇特的异教徒的不安情绪。那暖风吹着，高个子印第安人停了下来，用口水弄湿一指，竖在空中。矮个子印第安人旁观着，“是奇努克风吗？”他问。

“大大的奇努克风。”高个子印第安人说。他们匆匆忙忙地向城区走去，这时，月亮被奇努克暖风送来的云朵弄得模糊不清了。

“想赶在高峰前进城啊！”高个子印第安人咕哝道。

“红哥们儿要抢着排在前面啊！”矮个子印第安人咕哝道。

“这会儿没人在厂里干活儿了。”高个子印第安人咕哝道。

“还是赶紧赶路吧！”

暖风正刮着。这两个印第安人身子里有些奇特的渴望在蠕动，他们知道要的是什么。春天终于来到了这冰封的北方小城，两个印第安人沿着路轨匆匆向前赶去。

拳击家

尼克站起来了，竟然一点事儿也没有。他抬起头看着路轨，目送货车拐了弯，直到看不到灯光。路轨两旁全部都是水，落叶松全部都浸在了水里面。

他摸了一下膝盖，裤子这时候划破了，皮肤也一样擦破了。两只手都受伤了，指甲里面都嵌着沙子及煤渣。他来到了路轨的另外一边，顺着小坡来到了水边洗手，在凉水里认真地洗着，把指甲里面的污垢洗净了。他蹲下来了，洗了一下膝盖。

这个扳闸工真的是一个混账东西，他总有一天要找到那家伙，让那家伙再领教领教他的厉害！那家伙的办法真是好啊。

“快来啊，小子！我给你看一样东西。”那家伙说道。

他居然上当了，这玩笑开得实在不怎么样，下一次他们不要想再这样骗他了。

“赶快来啊，小子，我给你看一样东西。”正说着，他的双手和双膝就磕在路轨边上了。

尼克揉了一下眼睛，然后就肿起了一个大疙瘩，肯定眼圈发青了，已经感到痛了。扳闸工那个混账小子！

他用手指摸了摸眼睛上的肿块。哦，还好，只是一只眼睛而已，他就受这么一点儿伤，这个代价还算是便宜的。他真希望能看见自己的眼睛，但是水里照不出来，天又黑，而且又是前不着村后不着店的。他在裤子上面擦了擦手，站起身，爬到了路堤，走到了铁轨上来。

他沿着路轨走着。道路铺得很平整，走起来倒也方便，枕木之间铺满黄沙及小石子，路面十分结实，平滑的路基就像是条穿越水洼地的通达堤道。尼克一路朝前走着，他必须得找一个落脚点才行。

刚才货车减速开往沃尔顿交叉站外边的调车场的时候，尼克就已跳到了车上。天刚黑时，尼克搭的这列货车才开过卡尔卡斯卡，这个时候他一定快到曼斯洛纳了，还要在水洼地走三四英里。他接着踩在枕木之间的道砟上，沿着路轨一直走去，水洼地在升起的薄雾里面朦朦胧胧。他眼睛感觉很痛，而且肚子又饿。他不停地走着，一直走了好几英里。路轨两边的水洼地依旧还是老样子。

前边有座桥。尼克过了桥，靴子踩到了铁桥上，发出一种空洞的声音，桥下流水在枕木的缝隙之间显得黑糊糊的。尼克踢着一枚松落的道钉，道钉就滚到水里面去了。桥外面是群山，耸立在路轨的两边，一片漆黑。在路轨的那一头，尼克看到了有堆火在那里。

他沿着路轨小心翼翼地向火堆走去。这一堆火在路轨的另外一侧，铁道路堤下边，他只看见了火光。路轨穿过了一条开凿出来的山路，火光亮的地方出现一片空地，但是被树林遮住了。尼克很小心地顺着路堤下来，进入了树林，来到了树林的火堆旁。这是一个山毛榉林子，他穿过树林的时候，把掉在地面上的坚果踩得嘎吱嘎吱地响。火堆就在林边，很明亮，有一个人坐在火堆旁边。尼克在树后观察了一会儿，看起来只有一个人。他坐在那里，两只手捧着脑袋，看着火。尼克向前迈了一步，走进了火光当中。

坐着的那个人盯着火。尼克走到他的身旁，他依旧还是一动不动。

“嗨！”尼克说道。

那人抬眼看了看。

“你从哪里弄来一个黑眼圈？”他问道。

“有一个扳闸工揍了我一拳。”

“从直达货车上下来的吗？”

“对啊。”

“我看见那孬种了，一个半小时之前他路过这里。他走在车皮顶上，一面甩着胳膊，一面唱着歌。”那个人说。

“这个孬种！”

“他揍你一定感到很舒服。”那人一本正经地说道。

“我早晚一定要揍他一顿。”

“咱们等他经过的时候，朝他扔石头就好了。”那人劝道。

“我一定要找他算账。”

“你是一条硬汉子吧！”

“不是的。”尼克答道。

“你们这些小伙子都是硬汉。”

“不硬不行啊。”尼克说道。

“就是嘛。”

那人看着尼克，然后笑了。在火光下面尼克看见他的脸似乎变了相，鼻子塌下去了，眼睛变成了两条细缝，两片嘴唇奇形怪状的。尼克没有一下子完全看清楚，他只是看到这人的脸长得很奇怪，而且又毁了容。就像是一个大花脸一样，在火光下面神色如同死尸一样。

“你难道不喜欢我这副嘴脸吗？”那人问道。

尼克有些不好意思了。

“这是哪里的话。”他说。

“看！”那个人脱了帽。

他只有一个耳朵，牢牢贴在脑袋的半边，另外的一个耳朵只剩下个耳根。

“你看到过这样的长相吗？”

“没见过。”尼克说道。他看了觉得有一点儿恶心。

“我能够忍受，莫非你认为我受不了，小伙子？”那人说道。

“没有啊。”

“他们的拳头落在我身上然后都开了花，但是谁也伤不了我。”那小个儿说道。

他望着尼克。“赶快坐下，”他说道，“想不想吃东西？”

“不用麻烦了，”尼克说道，“我准备上城里去。”

“你听着！你叫我阿德好了。”那个人说道。

“好的！”

“听着，我这个人不大对劲。”那小个儿说道。

“你怎么啦？”

“我是一个疯子。”

他把帽子戴上，尼克忍不住想要笑出来。

“你不是明明很好吗？”他说道。

“不，我并不好，我是一个疯子。呃，你有没有发过疯？”

“没有。你为什么发疯？”尼克问道。

“我也不知道，你一旦患上了疯病自己是不知道的。你认得我吗？”

“不认得。”

“我就是阿德·弗朗西斯。”

“你没有骗我吗？”

“你难道不信吗？”

“我相信。”

尼克明白这是真的。

“你知道我是怎样打败他们的吗？”

“我不知道。”尼克答道。

“我心脏跳得特别慢，一分钟只跳四十下。按一按我的脉。”

尼克这时候很犹豫。

“快来啊，”那个小个儿把他的手抓住了，“快抓住我的手腕子。把手指按在脉上。”

这小个儿的手腕特别粗，骨头上面的肌肉鼓鼓的。尼克指尖下可以感觉到他脉搏跳动很慢。

“你有表吗？”

“我没有。”

“我也没有。你没有表真的是很不方便。”阿德说道。

尼克把他的手腕子放下了。

“你听着，再按一下我的脉，你来数脉搏，我数到六十。”阿德·弗朗西斯说着。

尼克指尖触摸到缓慢有力的搏动就开始数了，他听见这小个儿在大声地慢慢数着，一，二，三，四，五……

“六十。”阿德已经数完了，“刚好一分钟，你听得出是几下？”

“是四十下。”尼克说道。

“一点也不错，我的脉搏就是跳不快。”阿德很高兴地说道。

有一个人沿着铁道路堤下来，穿过空地来到了火堆边上。

“嗨，柏格斯！”阿德说道。

“嗨！”柏格斯回应道。这是一个黑人的声音，看他走路的样子尼克就可以判断出他是一个黑人。他正弯着腰在烤火，背对着他们站着，他不由得直起身子。

“这是我的老朋友柏格斯，他好像也疯了。”阿德说道。

“真是幸会，幸会。你从哪里来？”柏格斯问道。

“从芝加哥来。”尼克说道。

“那个城市好哇，我还没有请教你大名呐。”那黑人说。

“我叫亚当斯。尼克·亚当斯。”

“他说他从来没有发过疯，柏格斯。”阿德说道。

“他运气很好啊。”黑人说。他正围着火打开一包东西。

“柏格斯，我们要多久才吃饭？”那个职业拳击家问道。

“我们马上就吃。”

“尼克，你现在饿吗？”

“我简直要饿坏了。”

“听到了吗，柏格斯？”

“你们说的话我大部分都可以听到。”

“我问你的并不是这话。”

“我听见这位先生所说的话了。”

他正在往一个平底锅里面搁着火腿片，锅开始烫了，油嗤嗤地直响，柏格斯把黑人天生的两条长腿弯下来，蹲在火炉边，翻弄着锅里面的火腿，在锅里面打了好几个鸡蛋，时不时地翻着，让蛋浸着热油，免得煎煳了。

“亚当斯先生，请你把那袋子里面的面包切下来几片吧。”柏格斯从火边转过头来说道。

“好的！”

尼克把手伸进了袋子里面，掏出来一块面包，他切了六片面包。阿德看着他，探过身去。

“尼克，快把你的刀递给我。”他说道。

“不要，不要给我。亚当斯先生，把刀攥住。”那个黑人说道。

那个职业拳击家这时候坐着不动了。

“亚当斯先生，请你把面包递给我吧。”柏格斯要求道。于是尼克就把面包递给了他。

“你喜不喜欢面包蘸火腿油呢？”黑人问道。

“那还用说！”’

“我们还是等一会儿再说吧，最好还是等到快吃完了。给！”

黑人拿起一块火腿，放在一片面包上，在上边再盖一个煎蛋。

“请把你的三明治夹好，交给弗朗西斯先生吧。”

阿德接过了三明治，张口就开始吃。

“注意不要让鸡蛋淌下。”黑人警告了一句，“这个给你，亚当斯先生。其余的都归我。”

尼克咬了一口三明治，黑人紧挨着阿德坐在他对面。热乎乎的火腿煎蛋味道真是美。

“亚当斯先生真的很饿。”黑人说道。那小个儿不出声，尼克对他慕名已久，知道他是以前的拳击冠军。自从黑人说起刀的事他还没有开过口呢。

“我给你拿一片蘸热火腿油的面包好不好？”柏格斯说道。

“真是多谢，真是多谢。”

那小个儿白人望着尼克。

“阿道夫·弗朗西斯先生，你也来一点儿吧！”柏格斯从平底锅里面取出几片面包递给他。

阿德没有反应，只是看着尼克。

“是弗朗西斯先生？”黑人轻声说。

阿德还是没有反应，只是看着尼克。

“我在跟你说话呢，弗朗西斯先生。”黑人轻声说。

阿德一个劲儿地看着尼克，他把帽檐拉下，把眼睛罩住了。尼克紧张不安。

“你怎么敢这样？”他从压低的帽檐下面严厉地询问尼克。

“你把自己当成什么人了呢？你这个神气活现的杂种。人家没有请你，你就来了，还吃了别人的东西，人家向你借刀，你倒是神气啦！”

他狠狠地瞪着尼克，脸色变得煞白，眼睛被帽檐罩得差点儿看不出来。

“你倒真是一个怪人，究竟是谁请你上这里来多管闲事的？”

“没有人。”

“你说得真的是对极了，没有人请你来，也没有人请你待在这里。你上这里来，当着我面神气活现的，抽我的雪茄，喝我的酒，说话装模作样。你觉得我们能容忍你到什么地步？”

尼克沉默不语。阿德站起来了。

“坦白跟你说，你这个胆小的芝加哥杂种，小心你的脑袋开花。你听清楚了？”

尼克退后了一步，小个儿慢慢向他一步一步地紧逼，拖着脚步向前走，左脚迈出了一步，右脚就紧紧地跟上去。

“揍我啊，试一试，你敢揍吗？”他一直晃着脑袋。

“我并不想揍你。”

“你不要想就这样脱身，我回头就叫你挨一顿打，你明白吗？你来啊，先对我打一拳。”

“不要再胡闹了！”尼克说道。

“好啊，你这个杂种。”

小个儿两眼盯着尼克的脚。他刚刚离开火堆的时候，黑人就一直跟着他，这个时候趁他低头看着，黑人把身子稳住，照着他后脑勺啪的一下子。他扑倒在地，柏格斯赶快把裹着布的棍子扔到了草地上。小个儿在那里躺着，脸埋在草堆里面。黑人把他抱起，把他抱到了火边。他一直耷拉着脑袋。脸色很吓人，眼睛睁着。柏格斯轻轻地把他放下。

“亚当斯先生，请你把桶里面的水给我弄过来。恐怕我下手重了一点儿。”他说道。

黑人用手朝着他的脸上泼水，又轻轻地拉他耳朵。他眼睛才闭上。

柏格斯站起来。

“他已经没事儿了，不用操心。真是对不起，亚当斯先生。”他说道。

“没关系。”尼克低着头看着小个儿。他看到草地上的棍子，就顺手捡了起来。棍子有一个柔韧的把儿，抓着把儿倒是得心应手，这是用旧的黑皮革做的，重的一头裹住了手绢。

“这是鲸骨把儿，现在没有人再做这种东西了。”黑人笑着说，“我并不知道你自卫的能耐如何，无论怎么样，我并不希望你把他打伤，或者是打中他要害，也不希望他打伤你。”

黑人又笑了。

“你自己倒是把他打伤了。”

“我知道应该怎么办，他一点儿都记不得了。每一次当他这样发作，我总是会给他来一下，让他变过来。”

尼克低着头望着躺在地上的那个小个儿，在火光当中只见他闭着眼睛。柏格斯往火堆里面添了一些柴火。

“亚当斯先生，你不需要再为他操心啦。他这种模样我之前见得多了。”

“他为什么会发疯？”尼克问道。

“噢，原因很多，”黑人在火边回答说，“亚当斯先生，来杯咖啡如何？”

他递给了尼克一杯咖啡，又给那个昏迷不醒的人铺平脑袋下面的衣服。

“第一，他挨打的次数实在是太多啦。但是挨打只是使他变得头脑有一些简单而已。”黑人喝着咖啡说道，“而且，那时候他妹妹是他的经纪人，人家在报纸上总是登载什么哥哥啊，妹妹啊这一些的，还有她多么爱她哥哥，他多么爱他妹妹啊什么的，到后来他们就在纽约结了婚，这下子就惹出很多的麻烦来了。”

“我倒是还记得这件事。”

“可不是嘛。实际上他们哪里是什么兄弟姐妹啊，压根儿就是没影的事，但是就有很多人横竖都看不顺眼，他们全都在一起嘀嘀咕咕的，有一天，她出走了，而且一去不回了。”

他喝了一杯咖啡之后，用淡红色的掌心抹了一下嘴巴。

“他就发疯了。亚当斯先生，你想不想再来一点儿咖啡？”

“不用了，谢谢你了。”

“我以前见过她好几次，”黑人继续说道，“她是一个很漂亮的女人，看上去真的跟他像双胞胎。如果不是他的脸给揍扁了，他也不怎么难看。”

他不说话了，看起来故事已经讲完了。

“你是在哪里认识他的？”尼克问道。

“我是在牢里认识他的。自从她出走之后，他就总喜欢打人，人家就把他关到牢里。我由于砍伤一个人所以也坐了牢。”黑人说道。

他笑了一下，接着轻声说：

“我一看到他就喜欢上了，我出了牢之后，就去看他。他拿我当疯子，我一点儿也不在乎。我愿意陪着他，我喜欢见见世面，我再也不要去偷了。我希望过一个体面人的生活。”

“那你们都做什么啊？”尼克问道。

“噢，我什么也不做，就是到各个地方流浪。他特别有钱呐。”

“他一定挣了不少钱吧。”

“可不是嘛。但是，他的钱都花光了，或者是全都给人夺走了。她给他寄钱呢！”

“她这个女人真是好极了，”他说道，“看起来简直跟他像一对双胞胎。”

黑人对正躺着直喘大气的小个儿仔细地看着。他一头金发披散在身后，那张被打得变相的脸看起来就像是孩子一样的恬静。

“亚当斯先生，我随时都可以叫醒他，请你还是早一点儿走吧。并不是我不想招待你，实在是怕他看到你又犯病。我又不希望敲他脑袋，但是遇到他犯病，也值得这么办。我只有尽量不让他见人。亚当斯先生，你应该不介意吧！好了，不要谢我，亚当斯先生。我早就应该叫你注意他了，但是他看上去还很喜欢你，我心想这下可太平了呢。你顺着路轨走两英里就看见城了，大家都叫它曼斯洛纳。再见吧。我真的很想留你过夜，但是实在办不到。你想不想要点儿火腿面包？不要吗？你最好还是带一份三明治吧。”黑人说这番话时彬彬有礼，声音十分低沉，而且柔和。

“好的。那么再见吧，亚当斯先生。再见，祝你一路顺风！”

尼克离开火堆走了，穿过了空地走到铁道路轨上。当他一走出火堆范围，他就竖起耳朵听着。只听见黑人低沉轻柔地在说话，但是听不清楚说了些什么。到后来又听见那个小个儿说：“柏格斯，我脑袋好痛啊。”

“弗朗西斯先生，过一会儿就会好的。你只需要喝上一杯热咖啡就会好了。”黑人劝慰着说道。

尼克爬上了路堤，走到了路轨上，手里还拿着一份三明治，所以就放进了口袋。趁着路轨没有拐进山洞，他站在渐渐高起的斜坡上回头望着，依然能看见空地上那一片火光。

“我看也是这样的。”尼克说。

“真是一件很糟糕的事情。”

“是一件恐怖的事情。”

他们没有接着说下去。乔治拿过来一条毛巾擦柜台。

“我不清楚他做了什么事情？”尼克说。

“好像是出卖了什么，他们就是因为这个要杀他。”

“我想要离开这个镇。”尼克说。

“好，”乔治说，“走了倒也好。”

“他在家里面呆着，又分明知道自己可能会让人给杀死，我一想起来简直就不能忍受。这他妈的太恐怖了。”

“那么，”乔治说，“你最好还是不要去想它。”

最后的一片净土

“尼基，”妹妹对他说道，“你听我说，尼基。”

“我一点儿也不想听。”

他注视着泉水底部正在慢慢冒泡的地方，那里有一小股泥沙随时喷射。泉水边的碎石滩上，还插着一根树枝，在上边叉着一只铁皮水杯，尼克看看杯子又看了一阵水泡，泉水涌出沙层之后，清澈地流在路旁的河滩上。

站在路口他能把大路两端看得清清楚楚的，他的目光最先朝着丘陵搜索，接着看看山下的船坞及湖泊，再接着看了看湖湾对岸的一簇丛林以及那广阔的湖面，还有在湖岸上晃动着的白色水手帽。他在高高的山坡上紧靠着一株大杉柏坐在地面上，后边是一片郁郁葱葱的杉柏沼地。他妹妹紧挨着他坐在青苔上，她的一条胳臂搭在他的肩头上面。

“他们都在家中等你回去吃晚饭，”妹妹说道，“他们一共是两个人，都是赶着单座马车过来的，他们在四处打听你的下落。”

“是不是有人告诉他们了？”

“除了我之外谁也不知道你在什么地方。尼基，你捉到鱼了吗？”

“我捉到了二十六条。”

“都是好鱼吗？”

“都是适合饭客们吃的。”

“哦，尼基，我真的很希望你不要再卖鱼了。”

“她给了我一磅一块美金的价钱，”尼克·阿丹姆斯说道。

他的妹妹浑身都晒成棕色，本来双眼就是深褐色的，深棕色头发是里面夹着太阳晒成的浅黄色。她跟尼克亲同手足，但是对其他的人却漠不关心，兄妹两人一直把家中别的成员当成是“外人”。

“他们知道所有的底细了，尼基，”妹妹绝望地说。“他们说要以你为榜样，并且还说送你进自新学校去。”

“他们也只抓到一件证据而已，”尼克对妹妹说道，“但是我还必须暂时避一避风。”

“我可以跟着你一块儿走吗？”

“不可以。真的很抱歉，小妞。我们有多少钱？”

“一共是十四元零六毛五分，我全部都带来了。”

“那批人还说了什么？”

“没有什么，他们口口声声说一定得等你回家才走。”

“母亲肯定会讨厌总是侍候他们吃喝。”

“她早就已经给他们把午饭做好了。”

“他们都在干什么？”

“不过是闲坐在纱门阳台上。他们向母亲要你的长枪，但是我一看见他们走近篱笆就把它藏到了木棚里了。”

“那么你早就料到他们会来的，是吗？”

“对啊。你不是也预料到了吗？”

“我大概也是知道的。上帝惩罚他们。”

“我也一样诅咒他们，”妹妹说，“我已经到离家的年龄了，难道不是吗？我把枪藏好了，我把钱都带在身上了。”

“我必须得为你想呀，”尼克·阿丹姆斯跟她说，“我自己也不清楚该上哪儿去。”

“你会明白的。”

“两人一起走，他们就更查得紧了，一个男孩跟一个女孩在一起太显眼了。”

“我会装扮成男孩儿走的，”她说。“无论怎么说，我一直都想当个男孩子。我如果把头发剪掉，他们就弄不清楚我是男是女了。”

“分不清楚，”尼克说，“这确实是真话。”

“让我们想一个好办法，”她说道，“求求你尼克，我恳求你。我能做很多的事情，但是你没有我该多冷清。你说对不对？”

“想着要和你分手，我已经感觉到很冷清了。”

“你看！并且我们或许会长年不回家。谁能肯定？请你带我走吧，尼基。求求你带着我一起去。”她吻了他一下又用双臂把他紧紧搂住。尼克·阿丹姆斯望着她，又冷静地想了一下。这件事情太为难了，但是又想不出其他的办法。

“我不应该带你走。总而言之我根本就不应该做这样的错事，”他说，“但是我现在没有办法，所以就只好把你带走，可能就走开几天而已。”

“那就这样吧，”她回答道，“如果你用不着我了，我就会马上回家。假如我变成了你的累赘，惹人讨厌或者是花钱太多，我一定回家。”

“让我们认真盘算一下，”尼克·阿丹姆斯跟她说。他又把大路上上下下看了一遍，看了看天色，中午之后大朵的云彩正在随着风高高地飘浮，随后望着起伏在丛林之外湖面上的白色遮阳帽。

“我应该穿过林子先到湖那边的小旅馆去一会儿，把鳟鱼卖给她，”他对妹妹说道，“这是她早就为今天的晚餐所预订下的。现在旅客们爱吃鳟鱼超过鸡丁饭，我也不明白这是什么道理。鳟鱼确实是长得大小刚刚好，我把鱼膛洗净了，把它们一条一条地包在纱布里面，鱼新鲜而且冰凉。我只能告诉她，我冒犯了那批猎场看守人，他们现在正在追捕我，我只好暂时出去躲一段时间。我会从她那儿弄到一只小平锅，要一些盐和胡椒粉，一些咸肉，黄油以及玉米。我还必须向她要一只麻袋装这些东西，我去弄一些杏子干和李子干，还有茶叶，大包火柴及一把斧子，可是我只有一条毛毯。她会帮助我的，因为鳟鱼买卖对双方来说都是棘手的交易。”

“我可以弄到一条毯子，”妹妹说道，“我拿毯子把长枪裹住，接着把你和我的皮鞋都带上，我想换一套工作服和衬衫，把身上那一套藏起来让他们猜不透我穿了什么衣服出来的。我还要带肥皂，梳子，剪刀以及针线。另外还要再拿一本小说《洛娜·杜恩》和一本《瑞士人家鲁滨孙》。”

“搜集全部的二二口径子弹，带到这里来，”尼克·阿丹姆斯说着说着话音突然之间变得急促起来，“不要走，隐蔽一下。”他看到路那头有辆单座马车这时候迎面而来。

兄妹两人躺倒在杉柏丛后面，脸部紧贴在长满苔藓的泥地上，仔细地听着马蹄踩踏软软的沙土地，还有那悠悠的车轮转动声。马车上的汉子沉默不语，但是尼克·阿丹姆斯可以闻到从他们身边擦过的气味以及马汗的酸臭。他这时候浑身冒汗，直到马车远远地朝着船坞赶去，因为他害怕这些人可能会停下来去水边饮马或者是喝口酒什么的。

“那是他们吗，小妞？”他问。

“是的，”她说。

“赶快往后退，”尼克·阿丹姆斯说道。他赶快向沼泽地爬去，拖着一口袋鱼。沼地尽管长满藓类，水倒是清澈不浑。因此他站起身来，把口袋隐藏在一棵大杉树的背后，招手叫小妞也到后面来。他们蹑手蹑脚地来到了沼泽的杉树丛中，比麋鹿还要轻巧。

“我认出了其中的一个人，”尼克·阿丹姆斯说道，“他是一个很下流的杂种。”

“他说自己已经追踪你四年多的时间了。”

“我知道的。”

“那个粗大汉，看起来一副唾烟渣的脸相，身上穿着蓝色衣裤，他是从州里偏僻地区来的。”

“好的，”尼克说道，“我们既然已经很仔细地打量过他们，那么我就应该出发了。你能自己一个人回家吗？”

“没有问题。我可以越过山头走，然后避开大道。今天晚上我在什么地方跟你会合，尼基？”

“我觉得你还是不要来了，小妞。”

“我怎么可以不来呢？你现在的情况还不清楚。我可以给妈妈留一个字条，就说我已经跟着你走了，你会好好地照顾我的。”

“那么好吧，”尼克·阿丹姆斯说道，“我会在那株遭雷电劈裂的铁杉树边等着你。从河湾一直往上走，就能看到那棵倒在地上的大树，它就横在那条通往大路的小径上。你认得吗？”

“那地方离我家很近。”

“我很不愿意你拿着这些东西跑那么远的路。”

“我会照你说的话去做。但是不要冒风险，尼基。”

“按照我的心愿我真的很想抓起长枪马上跑到林子边，趁着那两个杂种还在码头上的时候枪杀他们，随后用铁丝在他们身上捆一块大磨石，然后把他们沉到水渠底里去。”

“接着又怎么办呢？”妹妹问他，“他们可是奉命来的呀。”

“第一个杂种是没有人派遣他来的。”

“你把他们的麋鹿打死了，接着又出售鳟鱼，他们还从你的小船上面把你杀死的猎物拿走了。”

“打死这些东西其实不算什么大错。”

他不希望提到打死的东西，正是因为这些东西，才是他们手中的证据。

“我知道的。但是你也不能因为这个就一定得杀别人不可呀，我之所以准备和你一块儿走就因为这件事情。”

“不要再说这些事情了，反正我一定要杀了那两个杂种才算痛快。”

“我明白，”她说道，“我也是这么想的。但是我们不可以杀人呀，尼基。你可以向我保证吗？”

“不可以。这么说，我倒是有点儿犹豫起来，亲自送鳟鱼去能不能保险不出事？”

“让我替你送过去。”

“不可以，麻袋太重了。我能穿过沼地走到旅店的背后，你从旅店的正面进去，看一看她是不是在屋里，所有的一切都照老样子，如果一切都平安无事，你就可以到大椴木树后来找我。”

“如果要穿过沼地就必须得绕远路，尼基。”

“如果想从自新学校里回来，那么路途更远了。”

“我和你一起穿过沼地，可以吗？随后我先进旅店去找她，你就待在外边，等到我出来帮你一块儿把东西送进去。”

“好，”尼克说，“但是我仍然希望你换个办法。”

“为什么呢，尼基？”

“因为顺着大路走，你或许能看到他们，那么你就可以告诉我他们的去向了。我就会在旅店后边的再生林场里跟你碰头，就在大椴树那边。”

尼克在林子里面等了足足一小时的时间也没有见到妹妹的影子。她来到跟前的时候却又显得太过于兴奋，他知道她一定是太紧张太疲劳。

“他们在我们家里，”她说，“闲坐在纱门阳台上喝着威士忌和姜汁水，他们把马卸下来了，让马休息，还说等不到你回去就不走。妈妈跟他们说，说你上溪沟钓鱼去了。我想她并不是存心告诉他们的，无论怎么说我希望不是那么回事。”

“派克尔太太那边的事情现在怎么样？”

“我在旅店的厨房里遇到她了，她问我有没有看到你，我说没有看到。她说她正等着你今天晚上给她送些鱼过去。她有点担忧，你还不如把鱼送过去吧。”

“好的，”他说，“鱼又鲜又美。我用凤尾草又重新把它们包好了。”

“我能和你一起进去吗？”

“当然可以啦，”尼克说。

旅店原来是一座木板房子，它的阳台朝着湖边。门前安装了宽阔的木板，人行道直接通到湖上的码头，远远地伸展到水上，人行道的两头以及阳台的四周都装上了没有加工过的杉木栏杆。阳台上面的座椅也是用没有加工的杉木制作的，现在坐着一些穿白色服装的中年人。阶前草地上面安装了三条水管，喷着泉水，另外还有几条小路通到了水边。泉水带着一股硫黄般的臭蛋味儿，因为这是一种矿泉水，尼克兄妹很小的时候把它当做健身饮料不得不强迫自己喝它。现在他俩来到了旅店后面的厨房外面，跨过了一座木板桥，下边小溪潺潺流到了旅店旁边的湖泊里，他们悄悄地溜到了厨房。

“把鱼洗一洗之后放进冰箱里，尼基，”派克尔太太说，“等一会儿我来过秤。”

“派克尔太太，”尼克说，“我想跟您说一件事情，可以吗？”

“你说吧，”她回答，“你没看到我有多忙呀？”

“我可以预支一些钱吗？”

派克尔太太是一位很漂亮的女人，她束着细麻布的围裙，她的姿色尤其妩媚。她正忙着干活，厨房里面的帮手们也在那儿忙得不可开交。

“你不可以卖鳟鱼给我吧。你难道不知道这是犯法的吗？”

“我知道的，”尼克说，“这条鱼是我送给您的礼物。我想的是我替你劈木柴还有捆绑等花的工夫钱。”

“我过去取来，”她说，“我到后边小屋里去一下。”

尼克兄妹跟着她走出了厨房。来到外面通往冷藏屋的木板便道的时候，她伸手到围裙口袋里掏出钱包来。

“你们赶快走，”她急匆匆地但是好心地说，“给我赶快离开这里。你需要多少钱？”

“我现在只剩十六元钱了。”尼克说。

“那你拿二十元钱去吧，”她跟他说，“不要让小妞儿牵涉进去。让她回家去看好那伙人，等你走远了之后再说。”

“您难道也听说这伙人的事情了？”

她向他摇了一下头。

“收买和出售这样的东西一样不好办，可能会更倒霉，”她说道，“你躲躲吧，等风声平息了再说吧。尼基，无论别人怎么说，你都是一个好孩子。如果情况不妙，那么就去找派克尔吧。你假如需要什么，晚上到这儿来。我睡觉很轻，在玻璃窗上敲一下就可以了。”

“今天晚上您不会供应客人们吃鱼了吧，派克尔太太？您难道不给他们做晚饭吃吗？”

“我不做，”她说，“但是我也不会把鱼浪费掉呀。派克尔一个人就可以吃半打，我认识许多的人都喜爱吃。一定要小心，尼克，等风声平息了我们再说吧，先避一避风头吧。”

“小妞想要跟我走。”

“一定不要带她，”派克尔太太说，“今天晚上你再来一次，我给你准备准备要带走的东西。”

“您可以给我一只小平锅吗？”

“凡是你需要的我都会给你，派克尔清楚你所需要的东西。我不会给你带太多的钱，我怕你出事。”

“我特别想找派克尔先生，告诉他我要的东西。”

“你需要什么他都会给你的。但是别上铺子里去找他，尼克。”

“我会让小妞送一个纸条给他。”

“你需要东西就找我，”派克尔太太说道，“不要发愁，派克尔会替你考虑的。”

“再见吧，哈莱姑妈。”

“再见了，”她一边说着一边吻了他一下。她的味道真是香甜，这种滋味就和厨房里烤面包的时候是一样的。派克尔太太身上的那种香味儿就和她厨房的味道一样甜滋滋的，总是那么香喷喷的。

“别担心，不会有事的。”

“一切都会好的。”

“那是当然喽，”她说，“派克尔一定会替你想出解决的办法。”

兄妹两个人这时候已经到老家后边的小山上的一片铁杉林里。薄暮时分太阳已经落到湖对面的群山背后。

“我把所有的东西都备齐了，”妹妹说，“装了一个大背包，尼基。”

“我知道的。那伙人在做什么？”

“他们吃了晚餐，正在阳台上喝酒。两个人互相在吹牛，都说自己是多么的机灵。”

“一直到现在，他们还不算是很机灵。”

“他们准备用饥饿来压你，”妹妹说道，“据说想在林子里饿你两三夜，那么你就得乖乖地回家了。你有没有听说过人们常常叫喊的疯话，什么肚子空空就必须得回头？”

“母亲给他们做了什么晚餐？”

“糟糕得很。”妹妹说。

“好的。”

“我照清单把所有的东西都拿齐了。母亲已经上床了，一直都在喊头痛得要命。她给父亲写了一封信呢。”

“你有没有看那封信？”

“没有。信就放在他们的屋子里面的清单上，那是明天上铺子购买东西的清单。明天一大早她如果发现家里少了那么多的东西，她就得重新再开一个清单了。”

“他们喝了多少酒？”

“我估计差不多喝了一满瓶。”

“我真希望能在酒里面放些迷魂药。”

“只要你告诉我应该怎么放，我一定去干。直接把药放到瓶子里吗？”

“不，就加在酒杯里。但是可惜我们没有迷魂药。”

“家中那个药箱里面有吗？”

“没有啊。”

“我可以把止痛药加在酒瓶子里面，他们还另外带了一瓶。或者是放一些甘汞剂进去，家里有这东西。”

“不可以，”尼克说，“等他们睡着了之后你要想办法把那瓶酒倒出一半，找一个旧药瓶子装进去。”

“那么我赶快进去看着他们，”妹妹说，“天啊，我真希望家中有迷魂药。我从来没听说有这东西。”

“它并不是什么真的迷魂药，”尼克跟她说，“只是水合三氯乙醛剂。每当伐木工人对妓女想要施行强暴的时候，她们就会偷偷地把这东西放在他们的酒里。”

“听起来有一些吓人，”他的妹妹说道，“我们或许应当带上一些以防万一。”

“让我吻你一下，”她的哥哥说道，“这样也是以防万一。我们下山去看看他们喝酒的熊样，我倒是很想听听他们坐在我们家里还敢说些什么。”

“你能保证不发火也不出什么事吗？”

“我可以保证。”

“也不要惊动马，马并没有什么罪过。”

“也不动马驹。”

“我只盼望家中有迷魂药就好了。”妹妹真诚地说。

“哦，但是我们就是没有，”尼克对她说道，“哪怕是这半个波恩尼城都不会有的。”

兄妹两人蹲在家后门的棚子里面，看着坐在阳台桌子边上的两个汉子。月亮还没出来，四周漆黑一片，但是背着湖光坐在那儿的两个汉子的身影却是隐隐可见。眼下他们已经不再说话了，两个人却胳臂肘撑在桌子上面俯视着。紧接着尼克又听见水桶里冰块的碰撞声。

“姜汁已经喝光了。”其中的一人说。

“我早就说过汁水已经不多了，”另外一个汉子说道，“你偏说还有很多。”

“打点儿水吧，厨房里有水桶和勺子。”

“我喝得够多了，我要睡觉去了。”

“你不是要等那个孩子吗？”

“我不等了，我要先睡觉去了。你等着吧。”

“你看今天晚上他会回来吗？”

“不知道啊。我现在睡觉去了啊，你如果困了就叫醒我。”

“我可以整夜不睡，”那个本地狩猎管理员说道，“有多少个夜晚我整夜守着那些违法的打鹿人，连眼皮也不合一下。”

“我不也那样吗，”来自州里偏僻地区的管理员说。“但是眼下我还必须去睡一会儿。”

尼克跟妹妹看着他走进门去。他们的母亲对这两个人说过，他们可以到起居室隔壁的卧室里面去睡觉。他走进屋，划了一根火柴，兄妹两个人看得一清二楚。随后窗子又漆黑了，他们转过头去看那个坐在桌子边上的人，一直看到他垂头睡熟在胳臂里。接着又听见他的打鼾声。

“再等一段时间，看看是不是真的睡死了。随后我们就进去取东西。”尼克说。

“你就待在篱笆外边，”妹妹说道，“我在屋子里走动不会出事。不然的话，万一他醒了，会看到你的。”

“好的。”尼克同意了，“我就在这儿把所要的东西都拿走，东西多半都在手边。”

“没有灯你能找到每一件东西吗？”

“可以的。长枪放在哪里？”

“就平放在棚顶后边的高梁上。小心不要滑下来，也不要碰到木柴堆，尼克。”

“放心吧。”

她来到了篱笆的尽头，尼克正在那儿捆扎东西，他在那株大铁杉后边，大铁杉去年夏天给雷电劈裂后又被秋季的一次暴风雨刮倒在地。月亮正在远处山峦后慢慢升起，透过树叶的月光照亮了尼克在手里捆扎的东西。他的妹妹走过来把肩上的麻袋放下了，说道：“他们睡得就像死猪一样，尼克。”

“好呀。”

“屋子里面的那个乡下佬鼾声跟阳台上那个打得一样响。我看需要拿的东西都齐了。”

“你真是一个好小妞儿。”

“我已经给妈妈留了一个条子，跟她说我已经陪你走了，这样免得出事，让她保密，而且说你会好好地照顾我的。我把条子塞到了她的门底下，她的房门反锁着。”

“哦，该死的，”尼克说道。接着他又说：“真是对不起，小妞。”

“这并不是你的错，我也不能怪你。”

“你说得实在是过火了。”

“现在我们两个人都高兴了吧？”

“是的。”

“我把威士忌也带来了，”她很有兴致地说，“我还留了一点在他们的瓶底里面。他们谁也不能肯定是不是对方喝的。无论怎么说，他们还有另外一瓶。”

“你自己也带了一条毛毯吗？”

“那是当然喽。”

“我们赶快走吧。”

“如果我们可以到我想要去的那块地方，那么所有的一切都称心了。但是毛毯加重了负担。让我来背长枪。”

“好的。你带了什么鞋子过来？”

“我带了一双工作便鞋。”

“带了什么书？”

“《洛娜·杜恩》和《拐骗》，还有《呼啸山庄》。”

“除了《拐骗》以外，其余的都是大人看的。”

“《洛娜·杜恩》并不是大人看的书。”

“我们能够朗诵，”尼克说，“朗诵可以使书多读一些时候。但是小妞，这么你就使我更不好办了，我们只得出发。这伙杂种绝对不会像他们假装的一样傻，很有可能是喝醉了酒才那样的。”

尼克早已经捆扎妥当了，把背带也打好了，所以坐下来换上便鞋。他用胳臂搂着妹妹，“你真的想走吗？”

“我只能走了，尼基。不要三心二意啦，我早就已经留下了字条。”

“那么好吧，”尼克说，“我们赶快出发。你背着长枪，背不动告诉我。”

“我全部准备齐了可以上路啦，”妹妹说道，“让我替你把背包好。”

“你知道吗，你今天一点觉都没睡，可是我们又得出发旅行去？”

“我知道的。我像那个趴在桌子上打鼾的家伙说的一样，整夜没合眼。”

“很有可能他也真的有过那么一回事儿，”尼克说，“可是你千万别把脚磨破了。便鞋磨脚吗？”

“不磨了。整个夏天我都光着脚走路，脚板特别厚实。”

“我的脚也特别好，”尼克说道，“快来吧。我们动身走。”

他们开头先是在柔软的杉树针叶地上走，铁杉树又高又挺拔，林子里面没有长棘藜丛。他们顺着山坡而上，月光穿透林子映照出尼克背着大包的身影，他的妹妹正扛着二二口径长枪。他们登上山顶回头一看，只见湖水荡漾在月光之下，明亮的湖光使他们可以看到湖上的黑点以及对岸高耸的山峦。

“我们为什么不在这里向它告别？”尼克·阿丹姆斯说。

“那么再见吧，湖水，”小妞说，“我多么爱你啊。”

兄妹俩越岭下坡，走过了宽阔的空地，穿过果木园，爬过了一道栅栏围篱，进入到了收割完了的田野。走过麦茬地以后他们朝着右边看，看到了屠宰场以及幽谷里面的大谷仓，还有面向湖泊的另外一处高原以及高原上面的古老圆木农舍。山下月色当中只见那条长着细高白杨树的狭长大道一直通向湖边。

“你的脚怎么样。小妞？”尼克问道。

“还行。”妹妹说。

“我选择的这条路遇不到狗，”尼克说，“狗假如知道是我们，立刻会不叫的，但是人们早就听见狗叫了。”

“我知道的，”她说道，“狗叫完了之后人们就会知道是我们路过这里了。”

举目望去他们能看到大路尽头黑黢黢升起的山脊。他们走过一整块割完谷物的田野，跨过那条通向冷却室的小水渠。随后爬上更高山坡上的一块割过的麦田，又过了一道栏杆围篱，来到了沙土路以及对面被开发的森林地带。

“等我爬上之后再帮你上来，”尼克说道，“我要先去查看一下路面。”

站在栏杆上他看着远处起伏的田野，老家边上的黑林子，还有月光下闪亮的湖水。最后他转过身来看着路面。

“我们走过的这条路线，他们没有办法跟踪，并且这样厚厚的沙土地让他们没有办法辨认走过的足迹，”他对妹妹说道，“我们可以走在大路的外沿，只要沙土不硌你的脚就行。”

“尼基，说实话，我看他们没这么机灵去侦察别人的足迹。你看他们光等着你回去自首，但是却没等到吃晚饭就喝得醉醺醺的，吃饭之后还接着喝。”

“但是他们到过码头上，”尼克说，“我正待在那儿。假如不是你事先告诉我，他们刚好逮住我了。”

“他们也不见得这么机灵，是妈妈让他们知道你很有可能出去钓鱼了，他们这才猜到你可能会去大水湾。我离家之后，他们肯定发现湖边的小船一条都不缺，这又使他们想起你很有可能会在河湾里打鱼。大家都知道你总是在磨坊跟酿造厂的下面河里钓鱼，但是这两个家伙甚至连这一点都捉摸不到。”

“就算是这样吧，”尼克说，“可是他们也猜得够准的。”

他的妹妹把长枪穿过了围篱递给了尼克，枪柄朝着他，自己则从栅栏中间爬过去。她在大路边上和他一起并肩站着，他用手轻轻抚摸着她的头顶。

“你现在很累是吧，小妞？”

“我不累啊，我真的很好。我现在高兴得都忘记了劳累。”

“到你觉得太累的时候，就选路边的沙土地走吧。他们的马匹在沙土里踩下许多的窟窿，沙土又软而且又干很难保留足迹，我在路边的硬石地上走。”

“我也可以走硬石地。”

“不行，我不愿意你把脚磨破了。”

他们一块儿爬上斜坡，尽管不断遇到一些起伏不大的山冈，总而言之是向着那个介于两座湖之间的高原走去。大路两边到处是树枝交错，茂密无间的二茬树林，底下长满了黑草莓及红草莓的矮丛，从路边一直延伸到林间。抬头远眺可以看见一系列的山峰就像是刻在林子里面的锯形波纹。月亮在山后快速落下去。

“你感觉怎么样，小妞？”尼克问他的妹妹。

“我感到很有趣。尼基，你每一次从家里逃出去都是那么有意思吗？”

“不是啊。一般都特别的寂寞。”

“你究竟感到什么样的寂寞？”

“简直像漆黑一团的寂寞，很难受。”

“有了我之后，你还会感觉寂寞吗？”

“不会的。”

“和我在一块儿你不后悔没有去找杜露蒂吧？”

“你为什么总是喜欢谈论她？”

“我一直都没有说。或许你心中在想她，反而觉得是我在讨论她。”

“你实在是太精明了，”尼克说道，“我想起她了，无非都是你告诉了我她的下落。那么我既然知道她在哪里，自然也就会猜出她可能在做些什么事情等。”

“我想我实在是不应该跟你走。”

“我早就告诉过你不应该来。”

“哦，去你的，”妹妹说，“我们也学他们一样吵吵闹闹斗嘴吗？我现在回去。你就不需要我了。”

“赶快闭嘴，”尼克说。

“不要那么说话，尼基。我可以回去的，也可以按照你的意思在这里留下来。不管什么时候，只要你跟我说一声，我就立刻回去。可是我并不愿意吵嘴。我们在家中见过的打闹难道还不够吗？”

“是啊。”尼克说。

“我知道原本是我逼着你带我出来的，但是我已经安排好所有的一切，不让你受牵累。我不是已经想办法阻止了他们抓到你吗？”

兄妹两个人登上高地，他们在这儿再一次眺望湖面，但是此处看见的湖水居然狭窄得像是一条大河了。

“我们要在这里横穿旷野，”尼克说，“接着就踏上古老的伐木大道。这也是应该考虑要不要回家的地方了，假如你想回去就从这里走吧。”

他把背包卸下来安放在林子里，他的妹妹随即把长枪靠在包上。

“赶快坐下吧，小妞，休息一会儿，”他说道，“我们两个人都够累的了。”

尼克躺下拿背包枕着头，妹妹挨着他躺下，把头枕在了哥哥的肩膀上。

“我不准备回去，尼克，除非你命令我走，”她说，“我也不想和你争论。请你答应我，我们绝对不吵架？”

“我答应你。”

“那么我也不再提起杜露蒂。”

“让杜露蒂去见鬼吧。”

“我只想对你有用，当一个好伴。”

“你就是这样。你难道不在乎吗，有时候我发一点儿野性，有时候又纠缠到孤独情绪当中去？”

“一点也不在乎。我们要好好地互相照应，就会过得很快乐。我们一定可以很愉快的。”

“那么好吧。我们现在开始开开心心的。”

“我一直都过得很愉快，”小妞说。

“但是我们还必须先渡过一些难关，吃一点儿苦头，最后我就到达目的地了。我们不妨在这里待一阵，等到天亮再上路。你先睡一会儿觉，小妞。你觉得够暖和吗？”

“哦，很好，尼基。我身上穿着毛衣。”

说着她就蜷缩在他身旁入睡了。没有多长时间，尼克也就进入了梦乡。他差不多熟睡了两个小时，曙光把他照醒了。

尼克领路穿过二茬林子绕了一圈，随后来到古老的伐木大道。

“我们不要把脚印留下来，露出从大马路转入伐木古道的痕迹。”他对妹妹说。

那条古老的路缠满了重重树枝，他很多次不得不低头弯腰躲过树杈。

“简直就像钻隧道一样，”妹妹说道。

“再过一会儿就可以找到开阔的空地了。”

“我从来都没有来过这个地方吧？”

“没有。这条路会把你带到远远超过我之前和你一块儿去打猎的地方。”

“这条路可以领我们到那个隐秘的地方吗？”

“不可以，小妞。我们这次要通过很多被乱砍滥伐的森林。我们要走别人不走的路。”

他们两个人沿着古道走了一会儿之后又进入另外一处幽径，比之前更为枝叶蔓延集结，很难通过。最后来到了一处开垦过的土地，周围用火烧净的地方又长满了杂草及矮丛，处处散立着伐木营的旧木屋。屋棚年久破败，好几处屋顶都塌了下去。可是道旁有一股清泉涓涓流出，兄妹两个人便俯身畅饮起来。尽管太阳还没有升出来，他们经过大半夜的跋涉，这时候感觉周遭寂寂，肚子里空荡荡的。

“这大片森林原来都是铁杉树，”尼克说道，“人们把树砍下来只是为了剥树皮，他们并不用树身。”

“那条路呢？”

“他们或许先从远处砍起，然后拖走大树皮，堆积在路旁，这样就便于慢慢运走。到了后来越砍越近，都砍到大路边沿，把树皮一直都堆到这个地方，随后一一拉走。”

“那个秘密的地方就在这些被乱伐的木场后边吗？”

“没错。我们先穿过这个乱木场，横过一条大路之后再经过一处乱树林，这样才到原始森林。”

“人们既然把这个地方的林子全部砍得乱七八糟，为什么又留下一座原始森林呢？”

“这我可不知道啊。我估计那座森林属于某一个主人，但是他又不愿意出售。人们就开始偷伐森林的外圈，或许是交了一些采伐费。可是里面还留着很大一片还没有采伐的森林，并且里边无路可通。”

“那么人们为何不顺着溪流走下去？那一条溪流肯定是从某一个水源流出来的吧？”

兄妹两个人在起步横穿那座乱木场以前，先休息了一阵，尼克还有话想要给妹妹说明白。

“你看，小妞。这个溪沟的确穿过我们之前走的那条大路，并且还穿过一家农民的土地。这位农民用篱笆把地圈起来当做牧场，他不准过路人在溪水里钓鱼。所以人们只可以走到农民修建的桥头上就不得不停下来了。假如人们想穿行他的牧场，就一定要跨过溪流的某一段，他立刻从农舍后边放出一头公牛。那牛很凶狠，可以把过路人顶撞出牧场。这是头我所见过的最最蛮横的雄牛，它一整天在牧场上等着人们过来，这样一来它就能够猛撞过去。追完那头牛之后也就走完农民的土地了，紧接着就出现一处沼泽地，上边长着杉柏，下边却是泥塘。你如果不熟悉那些坑坑洼洼就不要想通过这个沼泽地。就算你知道哪一处可通行，也是叫人够呛的。走完这些路才到我们的隐秘地。我们现在这是越岭过山，也正是绕道而走的背面路。就在隐秘地的下边还有一处地地道道的险沼泽。情况如此糟糕，你竟然不想通过它。那么好吧，让我们最先从糟糕的部分开始。”

兄妹两个人已经走完了糟糕的以及更加糟糕的一段路程。尼克爬过很多乱木堆，有的比他的人还高，有的齐他的腰部。他总是先把长枪放在木头顶上，接着把妹妹拉上来，让她跨到背后滑下去。不然的话，他就先爬下木材堆把长枪接住了，随后搀妹妹下木堆。遇见成片灌木的时候，他们就绕道前行。整个乱木场晒得火热难忍，满地丛生的蓬蒿及猪草把姑娘的头发染上了花粉，而且还呛得她直打喷嚏。

“真是讨厌的乱木场，”她对尼克说。他们高高地坐在一根大木材的顶上休息了一段时间，紧挨着剥树皮工人下过刀斧的地方。剥了皮的树身早已经变成铁灰色，所有的木材也在腐烂。周围堆放着很多的大段灰色树干，灰色的灌木以及树枝，但是上边却长了鲜艳夺目的野花，漫无目的地徒然盛放。

“这就是最后一个乱木场了。”尼克说。

“我真的恨它们，”妹妹说道。“真是讨厌这些野草闲花，简直就像是森林墓地，没有人看管，即使开了花也没用。”

“如今你明白了吧，为何我不愿意在黑夜穿行这些地方。”

“我们压根儿穿不过去。”

“不仅仅这样。没有人会选择这条路来追捕我们，现在我们来到好地方了。”

他们从烈日曝晒的乱木场走了出来，进入到了荫凉的大森林。这些乱砍乱伐的场地一直延伸到了山冈上，穿越过了山顶，到了背面山下才是真正大森林的开始。他们踩上了富有弹性的褐色地面，感觉脚下轻快无比。森林里面没有灌木丛，株株大树长到了六十英尺高之后才分出枝叶。站在树荫下面清凉怡人，尼克能从高矗的枝干之间听见由远及近的微微风声。他们走着，阳光没有办法射进来，可是尼克心里很清楚，只有到了中午时光太阳才能穿过树顶的最高枝叶层。他和妹妹手拉手地走着。

“我一点儿也不觉得害怕，尼基。可是这地方给我一种十分奇怪的感觉。”

“我也有过这种感觉，”尼克说，“我常常都是这样。”

“以前我从来没有到过这种树林子。”

“这附近也就剩下这一座还没有砍伐的原始森林了。”

“我们穿过这段林子需要很长的时间吗？”

“要很长的一段路。”

“假如我一个人在这林子里，我就会觉得害怕。”

“它也让我感觉古怪。但我并不觉得害怕。”

“我已经说了害怕的。”

“我知道的。或许我们都有一点儿害怕，因此才说的。”

“不对。和你在一块儿我就不觉得害怕，但是我知道仅仅只有我一个人就会觉得害怕的。你之前是不是和别人一块儿来过这个地方？”

“没有。我是自己一个人进来的。”

“你并不觉得害怕吗？”

“我不觉得害怕，可是我总是会有一种古怪的感觉，就像一个人走进教堂里去那种阴森森的感觉。”

“尼基，我们将来去生活的地方不会是这么阴森森的吧，会不会？”

“不会的，不要担心。我们要到愉快的地方去，你肯定会高兴的，小妞。这样一来对你也有好处，古老的森林就是会给人这种感觉的。这也是我们仅仅剩下的最后一片净土了，其他人谁也没有来过。”

“我特别喜欢古老的时光，可是我不喜欢这样阴森森的。”

“这里不算怎么阴森，铁杉林里面才真的是阴森森的。”

“光着脚走林子感觉真好。我原本把我家后面的草地看得特别美妙，但是这个地方比哪都好。尼基，你相信上帝吗？假如你不想承认，你就不要回答我。”

“我自己也弄不清楚。”

“好吧，你不需要说了。但是我每一天晚上都做祈祷，你应该不在乎吧？”

“我一点儿也不在乎。假如你忘记了做祷告，我倒是会提醒你的。”

“真是谢谢你。走进这样的大树林子，一般会使人感觉到特别要相信宗教。”

“所以人们要建造像这样气氛的大教堂。”

“你没有见过大教堂吧？”

“没有。可是我以前在书中读到过大教堂，并且我也能想象出来。这是我们在附近可以找到的最好的地方。”

“你认为将来有一天我们可以到欧洲去参观一些大教堂吗？”

“我们当然可以去。可是我首先一定要摆脱现在所处的困境，接着就要学会如何赚大钱。”

“你觉得写书可以给你挣钱吗？”

“那只有等我学好了写作。”

“如果你可以学会写一些愉快开心的故事，你是不是就可以赚钱？这并不是我的意见。妈妈经常说，你写的东西全都是恐怖以及充满仇恨的。”

“《圣诞老人》杂志说它实在是太恐怖了，”尼克说道，“他们嘴里不说，其实心中就是不怎么喜欢我的故事。”

“可是《圣诞老人》是我们最喜爱读的杂志呀。”

“我知道的，”尼克说道，“我早就已经被他们看做是太怪僻的人了，但是我还没有长大成人呢。”

“男人到了什么时候才算成人？等到他结了婚吗？”

“那不一定。人们说你还没有到成年期，所以才把你送进自新学校。等到你到了成年期，他们就会把你送进感化院。”

“我真的很开心，你还没有到成年期。”

“什么地方他们也没有办法把我送去，”尼克说，“我们就不要谈论怪僻的东西，尽管我写的是恐怖的故事。”

“我没说那些故事是怪僻的。”

“我明白。但是别人都说它是怪僻的。”

“让我们高兴起来吧，尼基，”妹妹说道，“那些大树林让我感觉太严肃了。”

“我们不用多久就会走出森林的，”尼克对妹妹说，“之后你就可以看到我们将要去生活的地方。你现在肚子饿吗，小妞？”

“我觉得有一点儿饿。”

“看来我猜对了，”尼克说，“我们吃几个苹果吧。”

兄妹两个人从山冈高处朝下走的时候最后终于在大树的树干之间见到了前边的阳光。来到了林子边沿可以看见四处长着的鹿蹄草以及一些蔓虎刺，而树林中的地面布满了各种各样的草木。他们又从大树枝之间瞥见一方宽广的牧场，顺着斜坡一直延伸到山下泉水边长有白桦树的地方。接下去，远在草场和一排白桦的外边是一摊暗绿色的杉柏沼泽地。越过沼泽远处是一系列深蓝色的山峦。介乎两者中间原来有一条从大湖分出来的支流，但是从眼前的高处眺望是看不清楚的。他们只可以凭感觉，知道那一边确实有湖水。

“你看这泉水，”尼克对妹妹说道，“这儿还留着我以前搭过帐篷用的大石块。”

“这地方真的是太美，太美了，尼基。”妹妹说道，“我们还可以看一眼湖水吗？”

“那需要到更远的地方才可以看到大湖。可是，我们还不如在这里搭帐篷。我去捡一些木柴，接着就做早饭。”

“这几块耐火石都已经很老了。”

“全部环境就是很古老的，”尼克说，“这些耐火石还是印第安人留下来的呐。”

“你是怎么找到这块地方的，我一路上在林子里穿行既没有看见地面上有足迹，又没有见到树上有标记？”

“你难道没有注意到三座小岗上竖立着指方向的石头标志吗？”

“我没有看见。”

“等过一会儿我指给你看。”

“是你竖在那儿的吗？”

“不是的，很久之前就有的。”

“那么你为何不早指给我看呢？”

“我也不知道为什么。”尼克说，“或许是想显一显我的本领吧。”

“尼基，我真的很希望他们永远不会找到我们这儿来。”

“我也不希望他们能找到我们。”

正当尼克兄妹进入了第一个乱木场的时候，他们家阳台上面睡着的那个本地猎场看守人被那正从屋后坡地慢慢上升起的太阳晒醒了。他们家原来是建在湖边一排树荫当中的。

看守人先前在深夜的时候起来找水喝，他从厨房出来的时候就顺手在椅子上抓了一个垫子铺在地面上当枕头睡觉。现在被照在脸上的太阳晒醒了，这时候才发现自己睡的不是地方，所以忙着站了起来。他是侧着右边身子睡的，因为左臂腋下夹着一支从肩上下来的三八史密斯·威森手枪。他一觉醒来立刻摸手枪，避开了刺眼的阳光，接着就走进了厨房，从餐桌旁边水桶里面舀了一勺水喝。女工这时候正在点燃炉子里面的火，看守人询问她，“做一点儿早饭吃，怎么样？”

“这里没有早饭，”她说。晚上她就睡在屋后的小房子里，半小时之前才到了厨房里来烧炉子。看见躺在阳台地上的看守人还有桌上那只快要喝空的威士忌酒瓶子，她感觉到害怕而且又恶心。这所有的一切使她生气。

“什么叫做没有早饭？”看守人说，手里还提着那只水勺。

“没有什么意思。”

“那又是为什么呢？”

“因为没有吃的东西。”

“这里有没有咖啡？”

“没有咖啡。”

“有茶叶吗？”

“没有茶叶，没有麦片，没有盐，没有胡椒，没有咖啡，没有巴登罐头奶油，没有吉米马姑妈牌荞麦粉，也没有咸肉，什么东西都没有。”

“你到底在啰唆什么？昨天夜里食品很多的。”

“但是现在什么也不剩了，一定是给大老鼠偷走了。”

那位从边远地区来的看守人听见了他们在说话，也早已经醒了，走进了厨房。

“早晨好啊？”年轻的女工向他问候。

但是那人却不予理睬，却说，“出了什么事儿吗，伊文思？”

“小杂种昨天晚上来过了，把一大堆食物弄走了。”

“不要在我的厨房里骂人。”女工说。

“到外面来说话，”边区看守人说道。两个男人来到了阳台上，接着就随手把厨房门关紧了。

“这是怎么一回事，伊文思？”边区猎场看守人说着说着指指桌上那瓶不到四分之一的老青河酒，“你究竟烂醉到什么程度？”

“我跟你喝的一样，我靠着桌子坐——”

“坐着干些什么？”

“等候那个见鬼的阿丹姆斯小伙子露面呀！”

“一面喝着酒。”

“没有喝酒。差不多半夜四点多的时候，我站了起来到厨房里去找水喝，随后在前门躺下伸一下腰。”

“你为何不睡在厨房门口呢？”

“假如我躺在这个地方，假如这小子进来，我不是能看得更清楚吗？”

“那么究竟出了什么事？”

“他肯定是溜进厨房，很有可能爬窗子进来的，把一大堆吃的东西装走了。”

“所有的都是废话！”

“既然这样你在干什么？”本地猎场看守人问道。

“我也和你一样睡着了。”

“那么好吧，我们就不要再吵嘴啦，吵嘴有什么用呢？”

“把那个女工叫来。”

年轻的女工被叫来了，那个边区看守人对她说，“你去跟阿丹姆斯太太说，我们有话要对她说。”

女工一声不响地走进了大房间，把门关上了。

“你赶快收拾一下酒瓶子，无论满的还是空的。”边区看守人说道，“剩下这些没有什么用处，你把它喝光吧。”

“真是谢谢了，我不想再喝酒。今天还有一些事情要做。”

“我来喝一口吧，”边区看守人说道，“酒也分得不怎么公平。”

“你走了之后我一口也没喝。”本地看守人不服气地说。

“你为什么总是说一些废话？”

“这并不是废话。”

边区看守人把酒瓶子放下。“好啦好啦，”他转过身对进来顺手又关上门的女工说，“太太在说些什么呢？”

“她这会儿正在闹头痛，不可以见你。她说你既然带着一张拘人传票，假如想搜屋子就搜吧，搜完之后就请你离开这个地方。”

“关于那个小伙子她说了些什么？”

“她压根儿没有看到他，而且也不知道他的情况。”

“别的孩子到哪儿去了？”

“他们都到查尔伏华探亲去了。”

“他们去那里探什么亲？”

“那我可不知道，甚至连她也不知道。他们先到那里去跳舞，星期天就干脆住在朋友家里。”

“昨天还在这的那个孩子是谁？”

“昨天我没看见有孩子在这里。”

“明明是有的啊。”

“或许是孩子们的朋友来找他们，也有可能是那些旅客的孩子。是男的还是女的？”

“一个差不多十一或十二岁的女孩子，棕色头发以及棕色的眼睛。她脸上有雀斑，晒成了深褐色。身穿劳动服和男孩子的衬衫，光着一双脚。”

“大家都这样打扮，”女工说，“你不是说她十一二岁吗？”

“哦，全是废话，”边区看守人说道，“你不要想从这些乡下人口里问出什么话来。”

“说我是乡下人，他又是什么呢？”女工朝着本地看守人瞥了一眼，“伊文思先生又算什么呢？他的孩子和我进的是同一所学校。”

“那个女孩子究竟是谁？”伊文思又问她，“赶快说吧，苏珊。你不说的话，我也有办法找出来的。”

“我什么也不清楚，”那个年轻的女工苏珊答道，“眼前似乎任何人都能上这里来。我反倒是觉得自己像生活在大城市里一样。”

“你这话不是想给自己找麻烦吧，是不是，苏珊？”伊文思说道。

“当然不想，先生。”

“我的话从来都是认真算数的。”

“你也不想给自己找麻烦吧，对不对？”苏珊反问她。

两个男人在屋后谷仓里套上马，边区看守人说道，“我们做得不太出色，对不对？”

“这一次又把他放走了，”伊文思说道，“他有了吃的东西，并且很有可能带着长枪。可是他绝对还在这附近，我一定可以把他抓回来。你能辨认足迹吗？”

“不能，我认不准。你可以吗？”

“雪地里还可以。”本地看守人一边笑一边说。

“我们也不一定非认足迹才能抓到他，我们先动脑筋想一下他有可能去的地方。”

“他带的食物还不够让他远奔南方。他或许会朝着这个方向走一段路，随后再奔铁路线去。”

“从木棚里看不出来他究竟拿了些什么，可是他从厨房里弄走一大堆吃的，他自然是想投奔什么地方。我一定要好好检查一下他的生活习惯，还有他所有的朋友，和他常常去的地方。你先上查尔伏华或者是彼得罗斯克或者圣依格奈斯及希博希根去截住他。假设你处在他的地位，你会朝着哪个方向跑呢？”

“我会朝半岛上端奔去。”

“我跟你想到一起了，并且他的确去过那个地方。上渡口是很容易截住他的，但是从此地出发到渡口和希博希根之间隔了一大片旷野，而且他又特别熟悉这附近的地形。”

“我们还不如先下去找一找派克尔。今天本来是准备先查问他的铺子。”

“那个小子有什么理由不投奔东约旦跟大特拉弗斯方向呢？”边区看守人问道。

“没有什么原因。只是那不是他的乡土，这小子一定选一个他熟悉的地方才去的。”

他们把栅栏门打开了准备走出去，苏珊这时候跑了出来。

“我可以搭你们的车上铺子去吗？我必须要买一些日杂品。”

“你是怎么知道我们上商店去？”

“你们昨天的时候就在谈论要去找派克尔先生。”

“那你怎样把日杂品运回来呢？”

“我看或许半路上可以搭一个便车，不然的话就从湖上走。今天可是星期六呀。”

“好的。上车来吧。”本地看守人说道。

“真是感谢你，伊文思先生。”苏珊说道。

到了乡间杂货铺跟邮局之后，伊文思把马匹就系在了槽边，他们先是在外面谈了一会儿才走进商店。

“我简直没办法跟那个该死的苏珊说一句话。”

“没错。”

“派克尔倒是一个老好人，周围的老乡谁都和他谈得来。但是你也不要想从他们的嘴里打听出什么指责他买卖鳟鱼的事情，任何人也吓不倒他，我们自然不愿意得罪他。”

“那么你觉得他愿意和我们合作吗？”

“强迫他，他是不会答应的。”

“我们进去看一看吧。”

苏珊早已经进了铺子，一直走过玻璃橱窗，走过地上各种样式的没盖儿木桶以及纸箱，而且看也不看一眼货架上的罐头食品，不和任何人打招呼就来到了邮政柜台前面，上边排列着带锁的信箱以及普通的邮件，另外还有一个卖邮票的窗口。这个时候窗口关闭着，她一心一意朝着商店后门走过去。派克尔先生正在用铁棍橇开一箱货物，他看了她一眼笑了一下。

“约翰先生，”女工说得很快，“尼克走了之后便来了两个管理猎场的看守人，他是昨天晚上出走的，小妹跟他一起走了，不要和别人说这件事情。他妈妈知道的，所有的一切都没有问题。并且她也不打算把这件事情说出去。”

“他把你的日杂品都带走了吗？”

“大部分都拿走了。”

“你自己去挑选需要买的东西，开一个清单，我来和你一起计数。”

“那伙人这时进门来了。”

“你从后门走出去，再绕到前门走进来。我先到外边去和他们谈一会儿。”

苏珊沿着长长的木板房走到了前边，接着又踏上门前的石阶。这一次进入商店的时候，她便仔细观看每件货物。她认识那些送手编篮子来的印第安人，而且她也熟悉那两个印第安男孩儿，他们都站在靠左边的玻璃柜旁看着里边陈列的钓鱼钩。第二个玻璃柜里面摆着的所有成药她都清楚，并且知道谁常常来买这些药品。有一年夏天的时候，她在这儿当过售货员，所以懂得各种各样纸盒外边写着的字母号码之类的意思，这中间分别装着皮鞋、套鞋、羊毛袜、手套、便帽以及毛衣等等之类的东西。她懂得这些印第安人拿来的手编篮子可以值多少钱，现在既然已经过季节了，送过来太迟就卖不出什么好价钱了。

“你为何直到现在才送篮子来，泰皮肖太太？”她问道。

“七月四日的节日狂欢过头了。”印第安女人笑着答道。

“别莱还好吗？”苏珊问她。

“我不清楚呀，苏珊，我已经有四个星期没见到他了。”

“那你为何不把篮子送到旅馆去，尝试一下卖给旅客们？”苏珊问。

“我以前试过一次的。”泰皮肖太太说。

“你应该每一天都去试一次。”

“路实在是太远了，”泰皮肖太太说。

苏珊和熟人聊天，一边写下她需要替主人购买的各种日杂品。这两个看守人却在商店后边和约翰·派克尔搭着话。

约翰的一对眼睛灰中有些发蓝，头发跟胡子却全部都是黑色的，他进出店堂的时候总是会带着一副偶然之间闯进来的那种匆匆的表情。他年轻的时候从密执安北部出走，一去就是十八年的时间，回来之后就很像一名保安官员，而且又像一个故作镇定的赌徒，但是一点儿不像一个店主的样子。在他走运的那些年代，他也开过好几家酒铺并且经营很得当。等到四乡伐木业衰落的时候，他就开始购置农田。到了最后整个县享有地方自主权了，这时候他又弃农经商，买下了这家杂货店。他早就开了一家旅馆，但是他认为旅馆不准许办酒吧就太没有意思了，所以从来不过问旅馆的事情。派克尔太太自己在管理它，她比约翰更加雄心勃勃。可是约翰常常说他不想浪费时间和一些到处度假的有钱人打交道，他们到他的旅馆来但是又找不到酒吧，所以只能坐在阳台上的摇椅里消磨时光。他称呼那些旅客为“赶时髦”的人，他总是喜欢在派克尔太太跟前开他们的玩笑。但是她特别钟情自己的男人，而且也不在乎他开的玩笑。

“我不管你怎么样叫旅客是赶时髦的人，”有一天晚上她在枕边对丈夫说，“我有能力使你只敢对付我这个女人，可以吗？”

她特别喜欢接待旅客，因为他们中间有一些人很有教养。约翰却说她爱文化教养等于伐木工人爱大力士牌烟草。但是她又把文化教养比作丈夫爱喝的陈年威士忌，这样才使得约翰对她另眼相看。她跟丈夫说，“派克尔，你不需要把文化教养放在心上，我绝对不会干涉你。但是文化教养让我感到美妙无比。”

约翰说她完全能够享受文化教养，只要魔鬼不反对就行，可是千万不要让男人去参加“雀泰括”组织或者是什么品德自修课。他年轻的时候曾经参加过露营晚会以及一些宗教兴奋会，他说这一些集会够糟的了，但是起码大家男女混杂过一宵，倒是一个不错的选择，只可惜聚会结束一哄而散，没有见到有人交过会费。他还跟尼克·阿丹姆斯说自从派克尔太太参加了吉卜赛人史密斯的一次大规模布道会之后，一直在操心丈夫的灵魂，到现在她又感觉派克尔特别像史密斯，所以两人又和好如初。但是他总是认为“雀泰括”组织有一点儿古怪，自然有文化教养好像比宗教聚会要高明一点儿。反正这种主张全都是冷冰冰没劲儿的事情，而且人们居然狂热追求，可见这还不只是一时的风尚而已。

“它一定能把人们吸引住，”他以前对尼克说过，“这样的集会有一点儿像小兴奋能使人头脑发昏。你可以先研究一下，把你的想法跟我说说。你不是准备成为一个作家吗，应当早些动脑筋，不要让这批人赶在你的前面。”

约翰·派克尔先生特别喜欢尼克·阿丹姆斯，说他居然敢犯《圣经》里面的“男女原始罪”。尼克不太明白他的意思，但是对这种评价特别的自豪。

“你应当做几件宁愿到日后忏悔的事。小伙子，”约翰对尼克说，“那是一些特别有意思的好事情。事情过后你会常常惦记着应不应该后悔，可是重要的是先干了之后再说。”

“我不想做坏事情。”尼克之前说过。

“我也并不是要你去干，”约翰说，“但是人活着总是应该有行动的。你一定不能撒谎，不可以偷窃。自然人都难免说谎，但是你选中某一个人，永远不可以对他撒谎。”

“那么我就选中您。”

“很好。无论碰到什么事情，你绝对不可以对我撒谎，而且我也不会骗你的。”

“我肯定会想办法做到的。”尼克也答应过他。

“但是这还不够。”约翰说，“这件事情是一定要做到的。”

“好的，”尼克说，“我永远不会欺骗你。”

“那么你那位姑娘现在情况怎么样呢？”

“有人跟我说，说她现在在索区干活。”

“这是一位漂亮的姑娘，我一直以来都很喜欢她。”约翰之前说过。

“我也是这样的。”尼克说。

“尽可能地把心放开些，不要感到太难受。”

“我没有任何办法，”尼克说，“这件事情不能怪她，她生性就是这样的。有朝一日我如果可以再碰见她，我看我还是不会放开她的。”

“或许不至于那样。”

“很有可能会这样的，我要想办法抑制自己。”

约翰先生一边走到后面的柜台旁边去招呼在那儿等着他的两个汉子，心中一直不停地想着尼克。他站了下来仔细打量这两个人，看起来一个也不顺眼。他一直以来都讨厌这位本地看守人，所以就很看不起他，但是又本能地觉得那位边区看守人有一点儿阴险难测。他还来不及分析这个人，但是瞧他那一双冷漠无神的眼睛以及紧紧咬住的嘴唇，就不像是一个普通嚼烟草的粗汉。他的表链上面还挂着一枚真正的鹿牙，的确是一颗长了五年的雄鹿大牙。这种完美的长鹿齿禁不住引起约翰的注意，他又仔细地瞧了一遍，并且看了一看那人大衣肩膀鼓起一大块十分显眼的地方，里边正挂着他的枪套儿。

“你打死那头雄鹿就用肩上挂着的那尊大炮吗？”约翰先生故意询问那个边区看守人。

那个人很不高兴地盯着约翰。

“不对，”他说，“我是在怀俄明旷野地里用那种连发枪把那头雄鹿打死的。”

“既然这样，那么说你是一个喜爱用重枪的大亨？”约翰先生反问道。他又朝台下瞧瞧那个人的脚，“那双脚一点也不小，你出来抓小伙子们难道有必要带这么大号的长枪吗？”

“小伙子们，这话应该怎么说？”边区看守人抓住了这个话柄。

“我的意思是说你要找的小伙子。”

“你刚刚明明说的是小伙子们。”边区汉子接着说道。

约翰先生这时候不得不转移目标：“伊文思带了什么枪去追赶那个曾经两次打败他儿子的男孩子？你或许也佩上重型枪吧，伊文思。那孩子是完全可以把你也打败的。”

“那你为什么不把他交出来，我们倒是可以和他较量一下。”伊文思说。

“你刚刚不是说小伙子们吗，杰克逊先生？”边区汉子说道，“你有什么理由可以这么说？”

“看你这模样，顶不过是拍马奉承之流，”约翰先生说，“撇着八字脚走路的一些狗杂种。”

“有嘴说这样的话但是没胆走出柜台来较量。”边区汉子说。

“你和谁这样说话，这可是美国政府的邮政局长，你知道吗？”约翰先生说，“你胡说八道连一个证人都没有带，就带了这个臭粪脸的伊文思。你要知道为什么每个人都叫他臭粪脸，你最好还是好好地打听一下吧。你自己不是搞侦探的吗？”

他现在特别的高兴。他把这次袭击挡住了，又像以前那样扬眉吐气起来，不稀罕眼前那种只侍候旅客食宿的行当，让他们在他办的旅店阳台上随便荡着旧摇椅欣赏湖面上的景致去吧。

“你给我听着，你这个撇脚的家伙，我现在想起来了。你忘了我吗？撇脚佬？”

那个边区看守人盯着他看，可是还是想不起来他是谁。

“我现在记得你在首府夏延的时候，那天把汤姆·霍尔恩送上绞刑台，”约翰先生提醒他说道，“你就是诬告汤姆受贿的那些人之一。现在你想起来了吗？你被一家私人侦探雇佣来谋杀汤姆，你记得那时候在曼迪生街开酒店的是哪个人了吗？莫非就为相同的事情你现在又重操旧业了？我觉得你不可能把它忘得一干二净吧。”

“那么你是什么时候回到这里来的？”

“在汤姆案结束之后两年。”

“我真是碰见了鬼。”

“你不能忘了是我送给你这颗雄鹿牙齿吧，那个时候我们一起从格雷博尔撤离。”

“很对。你好好听着，杰姆，我一定要逮住这个孩子。”

“我的名字叫做约翰，”约翰先生说，“约翰·派克尔。请到里边来喝一杯酒，你不妨先了解了解你带来的这个伙伴。他原来的绰号叫做烂疮脸伊文思，我们都已经习惯了叫他臭粪脸，为了给他留一点儿面子所以才改成这个诨名。”

“约翰先生，”伊文思说道，“你为何不对我们友好一点？我们大家合作吧。”

“所以我为此改了你的诨名，是不是？”约翰先生说道，“你们二位到底要和我怎么合作？”

在店铺的后边，约翰先生从屋角里面一个货架下边拿出一瓶酒来交给那个边区看守人。

“赶快喝吧，撇脚佬，”他说，“看你这副模样就想找一点儿酒喝。”

他们每个人都喝了酒，然后约翰先生又问：“你们究竟为什么要找这孩子？”

“那是因为他违反禁猎法规。”边区人说道。

“违反的是哪一条具体法律？”

“他在上个月的十二日那天打死了一头雄鹿。”

“就是因为上月十二日打死一头雄鹿，两个大男人就因此持枪追捕一个小孩子？”约翰先生问道。

“自然还有别的违法行为。”

“但是这一条是你们已经掌握了证据的。”

“基本上是这样的。”

“他还犯了别的什么案子呢？”约翰先生问。

“还有很多呢。”

“可是你们找不到任何的证据。”

“我并没有这么说，”伊文思说道，“但是眼前这一条证据是确实的。”

“你是说十二日那一天干的？”

“对啊。”伊文思说。

“你为何总是一直有问必答，但是自己却没有办法提问题？”边区看守人在责问他的伙伴。约翰先生听了之后哈哈大笑起来，他又接着说道，“不要理他，撇脚佬。我倒是要瞧瞧他那脑袋有多么的高明。”

“你跟这个孩子很熟吗？”边区人问。

“特别的熟。”

“之前和他打过交道吗？”

“他有的时候上这里来买一点东西，一直都是付现款的。”

“你想他这个时候能往哪里跑？”

“他有一个亲戚住在俄克拉何马。”

“你最近是在什么时候见过他的？”伊文思也问道。

“好啦，伊文思，”边区人说道，“你这时候又在耽搁时间了。多谢你的酒，杰姆。”

“是约翰，”约翰先生说，“你现在的名字是什么呢，撇脚佬？”

“我的名字是柏托尔，亨利·柏托尔。”

“撇脚佬，你可千万不要对那孩子开枪。”

“我一定要逮活的。”

“但是你从来是一个杀人不眨眼的家伙。”

“我们走吧，伊文思。”边区人说道，“我们在这里只是白白浪费时间。”

“你一定要记住我的话，不要开枪。”约翰再一次轻声说道。

“我记住了。”边区人说。

那两个猎场看守人穿过店堂，把拴在门外面的轻便马车解开，开始驱车上路。约翰一直望着他们朝着大路出发。只看见伊文思执鞭，那个边区人一个劲儿在对他说着什么。

“叫什么亨利·J·柏托尔，”约翰心想，“我只记得他的真名叫做撇脚佬。他生来就有一对大脚，靴子只可以定做。大家都叫他撇脚人，到了后来变成撇脚佬。由于他善于辨认足迹，所以就在泉水旁认出了乃斯托的儿子被枪击的地方，这才使得汤姆上了绞刑台，撇脚佬。但是他究竟姓什么呢？或许我从来没有弄明白过。他究竟是笨伯·撇脚佬，还是笨伯·柏托尔？他一定不叫柏托尔。”

“泰皮肖太太，真是抱歉，这些篮子不好办，”他说，“现在季节已过没有办法保存。但是你上旅馆那边去跟她们好好说说，或许可以卖掉。”

“你把它买下来，然后再到旅馆去卖掉吧。”泰皮肖太太向他提出建议。

“不可以。她们宁愿从你手上买，”约翰先生对她说，“你的长相还好，不算难看。”

“多年之前的事了。”泰皮肖太太说。

“苏珊，我想跟你说一句话。”约翰先生说。

他在店堂后边对她说：“告诉我，那是怎么一回事。”

“我已经都告诉你了。这两个人是来找尼克的，他们一直等着他回家。小妹通知他有个人在家等着，尼克趁他们醉倒的时候，就回家取了要用的东西之后便远走高飞了。他拿走了足够半个月的粮食，带上长枪跟小妹一起跑掉的。”

“小妞为何也走？”

“我没有办法知道，约翰先生。我估计她特别想照顾哥哥，不让他做错事情。你是了解他的。”

“你家挨着伊文思家。你觉得尼克很有可能去的地方，那个人会猜中多少呢？”

“他肯定能猜到，但是我不知道他可以猜中多少。”

“你看兄妹两个人会到什么地方去？”

“我不知道啊，约翰先生。尼克对四乡很熟悉。”

“跟伊文思一块儿来的人很不好，他是一个坏人。”

“他并不怎么精明。”

“他是在装傻，烈酒把他喝醉了。”

“你要我做些什么？”

“没有什么，苏珊。有情况就立刻通知我。”

“我已经把杂用品计好数，约翰先生，你可以清点一下。”

“你怎么拿回家呢？”

“我可以搭船到亨利家码头，接着就从湖边小屋摇条小船来运东西。约翰先生，他们究竟想对尼基干什么？”

“我正在为这件事情担忧。”

“他们议论准备要把他送到自新学校去。”

“我想他是不应该打死那头麋鹿的。”

“他自己也不希望这样干。他跟我说过的，那天他正读到一本书说是能用子弹擦过动物的表皮但是并不伤及肌肤。子弹只是把它击昏了，因此尼基想尝试一下。他也说这种做法很愚蠢。但是他又特别想要试一次。他对那头雄鹿做了一次试验，但是却打断了鹿颈。他感到特别后悔。他认为首先不应该考虑子弹擦皮肤的事情。”

“我知道。”

“那么，一定是伊文思发现了那块晾在旧冷冻房里面的鹿肉。无论怎么说，有人拿走鹿肉了。”

“那么又有谁会去报告伊文思呢？”

“我看应该就是他的儿子发现的，他总是跟踪尼克。你平常见不到这小子，他倒是有可能看见尼克打死那头鹿。这个小子可不是一个好东西，约翰先生。可是想要盯一个人的梢，他真的是很有办法。说不准他现在就躲在这间屋里。”

“绝对不可能的，”约翰先生说道，“但是他很有可能在房子外面偷听。”

“我估计他这时候还在追踪尼克。”姑娘说。

“你在家里有没有听到他们谈论这个小子的事情？”

“他们从来都不吐露一个字。”苏珊说。

“伊文思一定要把他留在家里面打杂差。我看我们也不需要为他操心，而且等这两人回到伊文思家里之后再说。”

“今天下午我可以先摇船到他家里去一趟，让我们的小伙子去了解一下情况，伊文思有没有雇人来照料杂事。这样就可以证明他放走儿子出外活动去了。”

“反正这两个汉子年岁太老，已经没有办法追踪别人了。”

“但是那小子真是够厉害的，约翰先生，他知道尼基的事多一点，了解来龙去脉还有行踪。他很有可能跟踪兄妹两个人，并且把那两个汉子带到他们的跟前。”

“赶快进邮局里面来。”约翰先生说。

两个人走进插信架子的后面，那里放满了上锁的信箱以及挂号登记簿，还有那种普通的邮票本，以及报废邮票还有存根等等之类的东西。他把邮件递进窗口然后关紧，苏珊待在里边又像以前在店里帮工的时候那样走进邮局，感到十分光荣。约翰先生说：“你估计兄妹两个人会上哪儿去呢，苏珊？”

“我实在是想不出来。或许不会走得太远，不然的话他不会带着小妞一起走的。并且一定是一块特别美好的净土，不然的话他也不会让她一起去的。那批人很了解他钓鳟鱼做鱼贩的地方，约翰先生。”

“那小子也很清楚吗？”

“那是当然了。”

“那么我们就要赶快想办法来对付伊文思的儿子。”

“如果是我，一定要杀了他不可。我可以肯定就因为这一点，小妞才跟着她哥哥走的。这样，尼基就不会再杀人了。”姑娘说。

“你想一个办法让我们知道他两个人的行踪。”

“好的。但是你也应该想一个办法，约翰先生。考虑考虑他母亲阿丹姆斯太太，她精神崩溃了，又像以前那样头痛欲裂。这是她想要寄的信。”

“你把信投进邮筒，”约翰先生说，“那是一封美国国内邮件。”

“昨天晚上我真的很想趁他们熟睡之际把他们杀了。”

“不可以，”约翰先生警告她，“不要这么说话，也不要这么考虑这件事。”

“你难道从来就不想杀人吗，约翰先生？”

“我想过的。但是这种想法是不对的，并且也不能解决问题。”

“我爸之前就杀过一个人。”

“这对他而言没有什么好处吧。”

“他没有其他的办法。”

“你一定要学会想办法，”约翰先生说，“苏珊，你这会儿就走吧。”

“我今天晚上来找你，或者是明天早晨的时候，”苏珊说，“我真的很盼望还能在这里替你干活，约翰先生。”

“我也特别希望如此，苏珊。可是派克尔夫人的看法不一样。”

“我明白，”苏珊说，“事情总是这样的。”

尼克和妹妹两个人躺在一席铺满软草的床铺上，上边架了一个防风棚子，这就是他们两个人一起在铁杉林边上搭起来的。从这里能够依着山丘的斜坡直通杉柏沼地，还可以看到更远的青色山峦。

“小妞，如果你躺着不舒服，我们还可以在铁杉枝上把松针垫得更厚实一些。今天晚上够累的了，就这样对付着睡一晚吧。明天我们绝对要好好的弄一下。”

“这里躺着太美了，”妹妹说，“四肢放松睡觉真的好香甜，尼基。”

“确实是一块美好的露宿营地，”尼克说，“为了不暴露给外人，我们只有少用火。”

“远山能看到火光吗？”

“很有可能的，”尼克说，“晚上点火，光照千里。可是我可以挂一条毯子在背后，这样一来就不会让火光漏出去。”

“尼基，想一想假如没有人在后面追赶我们，我们到这儿玩该多有趣呀！”

“不能这么快就想到乐趣，”尼克说，“我们才刚刚开始。再说，如果只为了玩乐，我们大可不需要到这个地方来。”

“实在是对不起，尼基。”

“不需要道歉，”尼克告诉她，“小妞，我先下溪水里去捞几条鳟鱼作我们的晚餐。”

“我跟你一起去，可以吗？”

“不可以。你呆在这儿休息一阵，这一天已经够劳累的了。你不妨先看一会儿书，安静一下。”

“过那乱木场的时候真是够累人的，你说对不对？我确实是感到有一点儿累。我走得还可以吗？”

“你干得实在是好极了，搭帐篷营地更加出色。但是现在舒服一会儿吧。”

“这块营地应该叫它什么名字，你想好了没有？”

“让我们称呼它为第一号营地。”尼克说。

他沿着山坡向溪边走去，快到沟沿的时候便停下来，砍一条长约四英尺的柳枝，经过修整以后留着上边的青皮钓鱼用。沟里清澈见底的溪水急流汹涌，这是一条又窄又深的山沟，两岸都是苔藓，溪水流过突然没入沼泽中。略带暗绿色的水流跑得这么快，以至于水面上时不时地鼓起泡沫来。尼克很清楚这水是穿过岸石流出来的，所以不可以到岸石上细察，不然的话赤足踏乱石就会惊散鱼群。

他暗想，开阔处或许会聚集很多的鱼儿，因为已近夏末季节。

所以他从衬衫的左胸袋里面掏出一只烟丝包，里边装着一卷丝质细绳，他按照柳枝长短剪了一段细绳，系在树枝顶部又轻轻打了一个结。接着再从烟包里边掏出一只鱼钩来接上。他一只手握住鱼钩的细把，把丝绳拉紧试了一下弹力，接着又把柳枝弯成了弓状。所有的一切就绪，他把钓竿平放在地上，走到了一株枯了几年的白桦树边，树身刚好横倒在溪旁的杉柏中间。他把树身推开，在下面湿泥当中发现了几条蚯蚓，不算太大。但是条条鲜红肥硕，刚好抓来装入一只盖儿上打了眼的圆铁罐子里，这原本是一只哥本哈根鼻烟盒。他又抓了一些土盖住穴孔，把桦树推回到了原处。他已经连续三年在这个地方找到过活鱼饵，并且每次抓过蚯蚓后总是把枯树照旧滚回原处。

他在想，这条溪沟究竟有多深，估计没人知道。但是它可以容纳从上游一处肮脏沼地里面流出来的大量活水。他抬头看了一遍溪沟的上下游，从山顶一直看到了铁杉林里搭棚子的地方。这时候走到钓竿以及丝绳边上，把鱼钩拿起来仔细穿上鱼饵，后来在上边啐一口吐沫祝愿今朝可以碰上好运气。他右手举着系好鱼饵的钓竿以及钓丝，轻手轻脚地朝着狭窄但流量不小的溪边走过去。

他来到了一处十分陡狭的沟旁，只要一甩钓竿就可以达到彼岸，但是他紧紧贴着沟边细听那汹涌奔腾的溪水。接着在岸上选了一个不在水面上显露身影的地方蹲下，从烟包里面摸出两枚裂开的弹壳卡在离鱼钩一英尺长的钓丝上，接着用牙齿把铅壳咬死在绳上。

他一举手就把卷着两条蚯蚓的钓鱼钩甩出了水面，由它慢慢沉入水里随着急流飘去，一边又放低手里的柳条让溪水拖着丝绳跑，因此钓钩顺着流水钻入沟下深处。他突然觉得丝绳挺直绷紧，并且突然被什么东西咬住不放了。他立刻举起钓竿，柳枝在他手里几乎成了弓形。他完全可以感觉出一种震颤和拼命地挣扎，就在他用力收绳时，那种挣扎也没有放松过片刻。上钩者像是松懈了一下，又突然带着丝绳跃出水面。深且窄的急流终于被一阵笨重猛跃的划水动作打乱了，这时候一条肥大的鳟鱼跳出水面，越过空中逾越尼克的肩头向他身后的岸上蹦去，尼克看见它在阳光下面泛白发亮，等到它再一次蹦人凤尾草丛中的时候他才把它找到。这条沉甸甸的鳟鱼在尼克手里发出特别鲜美的香味，他看到鱼背是多么乌亮而且布满了闪闪的斑点，鱼鳍边沿多么光亮夺目而且一片白鳍当中又镶着一道黑线，鱼肚却焕发着一种美不胜收的晚霞金光。尼克用右手把那条鲜鱼托起来，他的手指刚刚够勒住鱼肚。

他又在思考，偌大一条活鱼估计装不下他的长柄浅锅。如今既然已经把它摔伤了，倒不如就地宰了它。

他举起身旁猎刀的木柄，用力敲打鱼的脑袋，接着把它平放在倒地的桦树躯干上。

“真是倒霉，”他咒骂着，“这条鱼的尺寸刚刚合适派克尔太太给旅客们做鳟鱼饭吃，给我跟小妞来受用难免太大一点儿了。”

他心想还不如再往上游去，寻找一个浅滩抓它几条小一点的鱼儿。这个倒霉鬼，我竟然把它弄得鱼肚朝天上了钩，它不可能没有感触。鱼儿有时候也会戏弄钓鱼人，碰到没有办法钓大鱼的人是不可能理解鱼儿的心理的。如果戏弄的时间不长的话，又应该怎么办？眼下刚好处于你死我活、互不相让的当口，鱼儿是自己愿意上钩的，而且不问它来的时候作何打算。又是为何腾空而起。

他越想越感觉这条溪沟古怪难测，尤其当一个人想找一条小鱼来钓时，简直是无能为力。

他再一次拾回那根甩得特别远的钓竿。鱼钩已经被弄歪，他只好把它扳直。接着便拿起那条沉重的大鱼，朝着上游走去。

一直到了溪水挨近山上沼泽的时候才找到一处卵石浅滩，这一次他觉得有可能钓到几条小鱼了，小妞或许不爱吃大鱼。假如她想家了，我就只好送她回去。不知道这两个老家伙这时候又在做什么？我不相信那该死的伊文思小子能发现这块宝地，他这个婊子养的杂种，我看除了印第安人知道这个地方之外，再不会有别的人来钓鱼。他心里想着，自己倒还不如做个印第安人更好，这样一来就可以省却很多麻烦的事。

他一路来到了溪沟的上游，尽可能地不挨近水边，可是有一次踩踏了岸石，原来这个地方的泉水从下边地层里流过去。紧接着又是一条大鳟鱼猛力跃出水面，搅起很大一片涟漪。它长得实在是太大了，没有办法在淡水中容身。

尼克望着这条大鱼钻进了堤岸下的水滩中就自言自语道：

“你是在什么时候蹦出来的？老兄，这鱼儿真是够瞧的！”

他挑选了一处多卵石的浅滩，在那儿钓了好几条较小一点儿的鳟鱼。鱼儿特别鲜美，肉质也很结实。他一共宰了三条活鱼，把内脏全部都扔回水中，而且又在清水里仔细地洗净鱼肉，从口袋当中找出一只小小的砂糖袋子把鱼包上了。

幸好小妞喜欢吃鱼，他自己寻思着。我真的很希望可以采到一些草莓，我倒是很清楚有几处常常长草莓的丛林。因此他向上坡爬去，回到了搭棚子的地方。太阳早已经落到了山后，天气特别凉爽。他向着沼地看过去，又抬头望了一阵天空，那边正翱翔着一只找鱼吃的老鹰，在它的下边就是湖湾所在。

他蹑手蹑脚地走近了露宿棚，唯恐惊动小妞。看见她侧身躺在草上看书，他就轻声静气地跟她说话。

“小妞儿，你做了什么事情啦？”

她听了之后转过身去瞧着他，笑了一下，接着摇摇头。

“我把我的头发剪短了。”她说。

“是怎么剪的？”

“用一把剪子呗。你看现在怎么样？”

“你是怎么看得见自己的头发来动手剪呢？”

“我把头发揪在一边之后就下剪子，这件事情容易。你看我像一个男孩子吗？”

“倒是很像婆罗洲的野小子。”

“我总不可以把头发剪成主日学校圣童的式样吧？这个发型看起来是不是太野蛮了？”

“不啊。”

“这样，我感觉很兴奋，”她说，“我现在不仅仅是你的妹妹，而且又是一个男孩。你说这样做了之后会不会真的把我变成一个男孩子？”

“那是不会的。”

“我倒希望可以变。”

“你简直是疯了，小妞。”

“或许是有些疯。你看我到底像不像一个呆头呆脑的傻小子？”

“真的有一点儿像。”

“你可以帮我修得整齐一点。你能看清楚我的头发，自然就可以用一把梳子比着修剪。”

“我一定要替你剪得齐一点，可是估计也好不了多少。你现在饿吗，我的痴呆弟弟？”

“我就不可以当一个不痴不呆的弟弟吗？”

“我才不想把你换成弟弟。”

“现在你没有办法不换了，尼基，你明白吗？这是我们没有办法避免的事情。我原本准备先征求你的意见，可是我觉得这件事情没法不做，所以就干脆悄悄地剪了头发打算谁也不告诉。”

“剪了之后倒更好，”尼克说，“其余的都是废话，我就是喜欢你现在这个样子。”

“真是谢谢你，尼基，我真的很高兴。我听你的话躺在这儿休息，但是我情不自禁想起很多要为你做的事情。我特别想去希博希根这种地方找一个大酒店，随后就给你弄一烟盒的迷药来。”

“你去找谁要呢？”

这个时候尼克已经坐了下来，他的妹妹就坐在他的膝上用胳膊挽着他的脖子，一边把剪短了头发的脑袋轻轻地擦着他的脸。

“我能问婊子皇后娘娘要一些迷魂药，”她说，“你知不知道那家酒店的名字？”

“我不知道。”

“叫做皇家十金币客店和商场。”

“你在那里边做什么事情？”

“我就是婊子娘娘的侍女。”

“娘娘的侍女又做些什么事情？”

“哦，娘娘起步的时候要侍女跟在后边提着长裙，替她把马车的门打开，把她领到客人的房间里。我觉得，这也许和女皇身旁的宫女差不多吧。”

“那么侍女对娘娘说些什么话呢？”

“凡是合乎礼节的，想到了什么就说什么呗。”

“打个比方怎么样，老弟？”

“比如说，‘啊唷娘娘，今天这么热还关在金丝笼子里，真是叫人够受的’等等之类的话。”

“婊子说些什么呢？”

“她就说：‘对啊，真是很热。真有些热得发汗。’因为我侍候的那一位婊子娘娘出身低微。”

“既然这样，你又是什么出身呢？”

“我是一个恐怖作家的妹妹或者是弟弟吧，但是我是一个娇生惯养的人。所以我特别适合大婊子娘娘的宠爱，还有她周围的人们。”

“你弄到迷魂药了吗？”

“自然搞到了。娘娘还说：‘亲爱的，把这一些小迷汤拿走吧。’我对她说：‘真是谢谢您老人家。’娘娘最后还说：‘向你那位恐怖哥哥问好，他什么时候到了希博希根就请他进商场来看看我们。’”

“你下地走一走吧。”尼克对妹妹说道。

“商场里面的人说话都是这个德性。”小妞说。

“我现在要做晚饭了，你难道不饿吗？”

“我现在来做晚饭。”

“不要，”尼克说，“你接着闲聊吧。”

“你说这种聊天有意思吗，尼基？”

“这就很有意思了。”

“我还给你办了另外的一件事情，你想不想听？”

“你的意思是说，在你下决心做一些实际有用的事情以前先把头发剪掉吗？”

“这件事情已经够实际的，你暂且听我说明白。你在做晚饭的时候我可不可以亲你的嘴？”

“等一会儿吧，之后我会回答你的。你究竟准备做什么事情啊？”

“哦，昨天晚上我偷了那瓶威士忌以后，我可能就已经道德败坏了。你觉得就这么一件事会使你的道德败坏吗？”

“那倒不至于。这么说来那瓶酒早就已经被人打开了。”

“对啊。但是我先拿那只装一品脱容量的空酒瓶，接着再拿那瓶二品脱装的威士忌到厨房里，在灌那只空瓶子的时候手上溅了一些酒，我就把它舐去了。我觉得这一舐就败坏了我的道德。”

“酒的滋味如何？”

“特别强，还有一点古怪，并且有一点儿恶心。”

“那倒还不至于败坏你的道德。”

“哦，那样就好啦，不然的话我的道德既然败坏了，怎么可以对你起好的影响呢？”

“我不明白，”尼克说，“你到底准备干些什么？”

他这时候已经生起火来，并且把平底锅放在火上，正开始把咸肉片放在锅里面煎。他的妹妹在边上瞧着，两只手抱住膝盖。过一会儿，她放开手垂下来了一条手臂撑着身子，把两腿伸直了，照着男孩子的坐相坐着。

“我一定要学会把手的姿势放得准确一些。”

“手绝对不要捧脑袋。”

“我明白。如果有两个同岁的男孩在面前，那么就容易模仿了。”

“学我的样子吧。”

“那么就更自然一些，对不对？你该不会笑我吧。”

“可能会。”

“嗯，但愿在旅途中我不会露出女孩的那种腔调来。”

“不要担心。”

“我们两个人的胳膊腿都长得一个样。”

“你说另外要做的一件事情是什么？”

尼克这时候已经开始煎鳟鱼。咸肉片早已经在新砍下的树枝火堆上烤成焦黄，兄妹两人闻到一阵喷香的咸肉油脂炸鲜鱼味儿。尼克不停地把锅中的油脂浇在鱼皮上面，把鱼在锅里面翻过身之后再浇上油脂。天色渐渐黑下来了，他就在这堆小小的营火后面支起一张帆布，把火光挡住不让它向外面射出。

“你究竟准备干一件什么事？”他再一次问妹妹。小妞靠近火前啐了一口唾沫。

“你吐哪了？”

“反正我没有啐进锅里。”

“哦，说起那个计划可真是不太妙。我从《圣经》里面获得启示，我准备带上三支针头，给三个坏蛋每个人刺一针。趁他们熟睡的时候，先在两个老家伙的太阳穴那边儿刺进一根针头，接着就刺那个坏小子。”

“你拿什么样的工具来做针头呢？”

“拿上一把包了布的铁锤。”

“铁锤怎么可以用布包上呢？”

“我自己有办法包好。”

“要刺得准是一件很不容易的事情。”

“哦，可是《圣经》故事里刚好是一个女孩子做的这件事情，我既然看见带枪的男人喝得烂醉昏昏睡去，所以就趁黑夜在他们中间巡视一遍，又把他们的威士忌偷走了。那么为何不坚持到底，尤其是听说圣经里就有人这么做的。”

“《圣经》上面没有说她使用已经包扎好的铁锤。”

“我估计是弄错了，或许是一条裹着布的船桨。”

“可能是。但是我并不想要杀死任何人，这不就是你跟着我出走的缘故吗？”

“我明白。但是对你我来说犯罪是很容易的事情，尼基，我们跟别人不一样。我另外又想到了，既然已经道德败坏了，或许可以做一个有用的人。”

“你真的疯了，小妞儿，”他说，“你听我说，你喝一点儿茶会失眠吗？”

“我也不清楚。我夜里从来没有失眠过，我们只有薄荷叶茶。”

“我把它沏得特别淡，再加上一些炼乳。”

“不需要再加什么了，尼基，我们储备的并不多。”

“加一点儿茶使牛奶更香。”

他们开始吃晚饭。尼克给每个人切两片稞麦面包，每个人用一片面包浸咸肉油脂吃。而且他们又吃了鳟鱼，鱼烤得看起来外焦里嫩。接着把鱼骨放到火里烧掉，到最后把咸肉夹在另外的一片面包里面做成三明治。小妞就开始喝那杯加了炼乳的清茶，尼克顺手在牛奶罐头上的小孔里面插了两根碎木片。

“你现在吃饱了吗？”

“嗯，已经饱了。鳟鱼真的好鲜美，而且咸肉也很香。我们是多么的幸运弄到稞麦面包。”

“最后吃一个苹果，”他说，“明天或许可以搞到更好的东西。小妞，我实在是应该给你做一顿更加丰盛的晚餐。”

“不需要了，我已经很饱啦。”

“你真的不饿了吗？”

“不饿了，我吃得实在是饱饱的。我还另外带了一些巧克力，你想吃一点吗？”

“你从哪里弄来的？”

“从我的百宝囊里。”

“在什么地方？”

“我的百宝囊，我存放各种东西的地方。”

“哦。”

“这是新做的巧克力，另外的是厨房用的硬块。我们先吃新鲜的，其他的就留着特殊情况用。看，我的百宝囊里面还带一条拉绳像烟叶包一样的，能用来切割金块以及这一类的东西。你说我们这次旅行会到西部去吗，尼基？”

“我现在还没有想好。”

“我真的很希望能把我的百宝囊装满金块，每两值十六美金。”

尼克把小锅清理了，把背包放好在棚子里。用一条毛毯在草地上铺平做床，另外的一条给小妞当被盖。他洗净那只煮茶用的半加仑铁桶，然后又从小溪里灌上清水。回到宿营棚，看到他妹妹已经睡熟了。她把蓝色牛仔裤包上便鞋当做枕头用。他吻了吻她，没有惊醒她。把她那件大方格厚呢大衣披上，接着就在背包里面掏出半瓶威士忌。

他把瓶塞子打开闻了一闻，感觉香醇扑鼻。所以从小桶溪水中舀了半杯清水，再倒进一些威士忌。他坐在那儿慢慢地独自一个人酌着，每呷一口就首先含在舌下稍停一会儿，接着溢上嘴来吞下。

双眼盯着面前的残火被夜晚的微风吹得一亮一暗，他品尝着凉水掺威士忌的滋味，瞧着余烬便落入沉思当中。最后饮尽水酒，再舀一些凉水喝下肚，就上床睡觉了。他那支长枪压在左腿下面，脑袋则枕在长裤包的硬鞋上，接着把他半边毛毯拉上身子紧紧地裹住，做完晚祷之后便熟睡了。

睡到半夜的时候他感到冷了起来，赶忙把厚呢大衣盖在妹妹身上，自己把背靠着小妞取暖，这样一来就可以更好地在自己身下包紧那半条毯子。而且又摸了一下长枪，把它放好在自己的腿下。周围空气特别寒冷，呼吸呛入了鼻子，可是他能够嗅到新砍的铁杉以及枞树胶脂味儿。这一阵寒气把他冻醒之后，他才真正感觉到全身乏力。背紧靠着妹妹的身体好久才开始暖和过来，让自己又一次舒服地躺着沉思，我一定要悉心照顾她，让她觉得开心，接着把她平安送回家去。他仔细听了一阵她的呼吸以及万籁俱寂的夜空，又一次进入了梦乡。

等他一觉醒来，晨曦只能让他远眺到沼泽之外的山峦。他悄悄地躺着伸展四肢以驱散浑身麻木的感觉。接着坐起来套上了卡其长裤，这会儿才穿上大盖鞋。他看着妹妹在严严实实盖着的厚格呢大衣下睡得正香了，那高高的颧骨、点点雀斑的棕色皮肤以及新剪的棕色短发更现出脸上眉清目秀、笔直的鼻子以及紧贴的双耳。他真希望可以把她的娇美素描下来，尤其是闭着的睡眼下面松散着的长睫毛。

沉思了一会儿，他又感觉小妞的睡相真的很像是一头野生的幼畜。譬如说那一头短发，看起来竟像是有人在枕木上用斧子把它一刀斩齐一样的。整个形象特别像是一件雕塑作品。

他当然深深地爱他的妹妹，而且小妞也爱他超越所有的一切。他想兄妹的情感就是这样的诚挚，起码他的自我感觉就是那样的。

所以他想，我又何必唤醒她呢？我自己既然已经累成这个程度，她一定也累得够呛。我们如果可以在此安度几天，那也算是做对了。可以避一避耳目，就让风声慢慢平息下去，那个外地狩猎人也就走了。我应该做一些好的给她吃，只可惜我不能储备更好的作料等。

可是，手上也抓到很多的东西，那只背包现在已经够沉的。我们今天一定要弄到手的是一些草莓。如果可能的话，最好打到一两只山鸡之类的东西。我们还可以采到鲜美的蘑菇。咸肉需要节省点儿用，幸好不需要拿酥油来充代用品，昨天晚上似乎给她的太少了。她一直以来都喝大量的牛奶，而且吃甜食。但是不要为这些小事烦恼吧，我们可以有办法做好吃的。她喜爱吃鳟鱼真是一件好事，这些鱼实在鲜美，不用替她担心了，她肯定能吃得称心如意的。但是，我的尼克老弟，昨天晚上那顿饭实在是不怎么样。这时候让她好好睡个够，别去惊动她。你自己有多少事情需要做啊！

他很小心地从背包里面取出一些东西来，小妞在睡梦当中嫣然一笑。她棕色的双颧尽管有些绷紧，笑的时候却透出肉色来。她一时醒不过来，尼克就开始动手做早饭，先把火点着了，干木柴处处都有，他生起了一堆小火，把茶烧好，就等着做早餐。他自己也喝清茶，吃了三个杏干，想要读一会儿《洛娜·杜恩》。这本书他早就念过，如今再读似乎失去了最开始的魅力，他清楚地知道这是这次旅行带给他的损失。

那一天傍晚，他们搭好露宿棚以后，他在一只铁皮杯子里面泡上几只干梅子，这时候就放在火上炖着。他又在背包里面找出筛过的荞麦面，用搪瓷小锅舀出来一些，再加上一杯水把面和好。他把那罐植物油脂拿出来，撕了一小片面粉口袋布包在树枝上面，用钓鱼细绳把它扎得紧紧的。小妞真让哥哥高兴，竟然带来四条面粉口袋。

他和好面糊之后，把平底锅放在火上面烤着，用那根缠了面袋布的树枝蘸了一些油脂涂在锅里。小锅这时候发出了乌亮的光泽，随后嗞嗞起泡，他再另外涂上一层油，就把面糊慢慢倒入锅内摊平了，望着它鼓起泡来之后，就顺手压实四边。他留神注视面饼发酵和成形，煎饼渐渐转变成了深暗色。他又用一小片干净的木柴把煎饼铲起来，把面翻了过来，把烤成漂亮金色的一面朝上，底下的一面又开始发出阵阵的嗞嗞声。他手里提着平底锅，掂掂面饼的分量，看见它在油锅里面膨胀成形。

“早上好啊，”妹妹说，“我是不是睡得太过头了？”

“没有啊，你这个小鬼。”

她站了起来，男式衬衫已经盖过她的棕色大腿了。

“你把活都做完了。”

“还没有啊，我才刚刚开始烤蛋糕。”

“这东西真香呀。我先去溪边去洗一洗，回来之后再帮你做。”

“不要在溪水里洗。”

“我才不会像白人那样。”她说。她慢慢隐入棚子后面。

“你把肥皂放到哪里了呢？”她问道。

“我放在溪边了。在那里有一只空油罐。请你先把黄油一块儿带来，就是放在溪水里冷冻的。”

“我马上就回来。”

她在空罐当中找到裹在油纸里面的半磅黄油，把它拿了回来。

他们开始吃荞麦煎饼，上边涂了黄油及木屋牌罐头糖浆，糖浆是装在一只带长颈螺丝口的铁罐头里面的。兄妹两人这时候正感到很饥饿，煎饼涂上黄油之后流满糖浆，吃起来甚至比蛋糕还要香甜。他们还吃了那些浸透了的干梅子以及果汁，接着又用杯子沏了一些茶喝。

“吃到梅子汁简直就像是过节似的，”小妞说，“真是不敢相信。你睡得如何，尼基？”

“好极了。”

“感谢你替我盖上厚呢大衣。夜晚真是美啊，对不对？”

“对啊。你是一觉睡到天亮吗？”

“我到现在都还没有全醒。尼基，我们可以一直待在这个地方吗？”

“我估计不行吧。你可能会长大成人，接着就要结婚。”

“我反正就只和你结婚，我要成为你的不行婚礼的妻子，我在书本里面读到过的。”

“你读的那部不成文法律吧。”

“对啊。在不成文的法律之下，我能做你不行婚礼的妻子。我可不可以，尼基？”

“不行。”

“我说行。我肯定会叫你大吃一惊，我们只要过它一段夫妻生活就可以了。我要让人们打现在起就计算有效时间。这和开垦定居法是一样的。”

“我不准你申请。”

“你也没有办法控制自己，这就叫做不成文法律。我已经反反复复想过许多次了，我绝对要印些名片——尼克·阿丹姆斯夫人，十字村，密执安——不行婚礼的夫人。我每一年都发几张名片给别人，一直到生效日期为止。”

“我看这件事情行不通。”

“我还可以换个办法。我要在成年之前生他两三个孩子，那么按照不成文法律你就一定要和我结婚不可。”

“这不叫做不成文法律。”

“我现在有一点儿糊涂了。”

“无论怎样，谁也不知道这样可不可以。”

“非行不可，”她说道，“放宽法制的苏先生特别重视这部法典。”

“苏先生很有可能是犯了过错。”

“你怎么啦，尼基，这部不成文法典其实就是苏先生一手炮制的。”

“我记得是他的律师做的这件事。”

“哦，反正把它付之实际的正是苏先生。”

“我不喜欢苏先生。”尼克·阿丹姆斯说道。

“实在是妙极了，在某些方面我也不喜欢他，可是他把这部法典写得很有意思，对不对？”

“他还提供了别人某一些可恨的新题目。”

“他们也很痛恨斯坦福·怀德先生。”

“我觉得人们嫉妒这两个人。”

“我相信事情就是这个样子的，尼基。就像是他们嫉妒你我两人一样。”

“如今还有人嫉妒我们吗？”

“不一定是现在。我们的母亲就觉得你我是逃避法律的亡命之徒，沉浸在罪孽以及邪恶之中。幸好她不知道我为你偷了那瓶威士忌，酒味特别醇，这是多么美妙的事！我以前觉得他们那伙人是不会做出什么好事来的。”

“我应该多多地考察他们的行动，我们不谈论它。”尼克说。

“那么好吧。我们今天做些什么呢？”

“你喜欢做什么呢？”

“我特别想上约翰先生的商店去买一些必需品。”

“这件事办不到。”

“我知道。你到底想干什么呢？”

“我们应该采些草莓，我出去打一两只雏鸡来。我们随时随刻都可以钓到鳟鱼，可是我不想让你吃腻了。”

“你以前吃腻过鳟鱼吗？”

“没有。可是有人说是会吃腻的。”

“我一定不会腻烦的，”小妞说，“吃梭子鱼一下子就令人倒胃口。可是你永远吃不腻鳟鱼还有鲈鱼。我明白的，尼基。一点儿都不假。”

“你应该也不会讨厌大眼淡水鱼的吧，”尼克说，“扁嘴鱼就是不好。老弟，这种鱼吃一次就倒胃口。”

“我也不喜欢吃多刺鱼，”妹妹说，“那是会吃伤人的。”

“我们先清理这块营地，我去找一个地方把弹药都埋藏起来，随后出去采草莓和打山鸡等。”

“我来提那两只油罐以及面口袋。”妹妹说道。

“小妞，”尼克说道，“不要忘记了先去解手，可以吗？”

“当然可以。”

“这件事情很重要。”

“我知道。你也不要忘了。”

“我肯定不忘。”

尼克回到树林中，把一盒径步枪子弹和一些二二短枪散装弹药埋在一棵大铁杉的根部，把松针盖上。他又用小刀割了一把松针放回原来那个地方，并高高地在厚树皮上刻了个记号。另外再把树的方位记清楚了，接着来到山坡上，朝着露宿棚走去。

早晨的太阳很明媚，晴空高爽蔚蓝，这个时候还没有出现一点云彩。有妹妹在身边，尼克感觉特别愉快。他想，无论这件事的后果怎么样，都要愉快度过这段时间。他已经明白了，你可以过完一天就算一天，并且只有眼前这一天才是真的。在黑夜来到之前，这一天还是你的，到了明天之后就说不准又有一个今天。活到如今他就明白了这一个主要道理。

今天天气很晴朗，他很有兴致地背着长枪返回营地，尽管灾祸依旧像放在口袋里面的渔钩，每走一步都扎得他手指发疼。他们两个人把背包留在棚子里面，大白天里很有可能会撞见狗熊在沼泽地附近找草莓吃，尼克就把那瓶威士忌埋在溪沟的背面。小妞这时候还没有回来，所以尼克坐在那段劈木柴用的大圆柱上检查他的长枪。他准备去打松鸡，所以先把枪膛里的长子弹倒在手上，另外装上短子弹。后者威力小一些，如果瞄准鸟的头部开枪，就不至于把嫩肉打烂。

所有的一切准备就绪，他想立刻行动。小妞上哪去啦，他心里想。他又把自己制止住了，不要那么兴奋。你不是让她从容不迫，不要着急嘛。自己反倒着急起来，所以他又恼恨自己一番。

“我回来了，”妹妹说道，“真是抱歉，我耽误了很多时间。我或许走得太远了。”

“你来得刚刚好，”尼克说，“我们一起走吧。你拿了水桶吗？”

“嗯，连盖子也带上了。”

他们顺着山坡走下去，一直到达了山坳边。尼克很谨慎地视察一遍上游以及山坡，妹妹盯着他瞧。她把水罐全都装在一只面口袋里面，系住另外的一只袋子搭在肩上。

“你带了棍子吗，尼基？”她问他。

“没有带。假如想钓鱼，那么我就砍一条树干。”

他走在了妹妹的前头，一只手提着长枪，在溪水边走着。他现在要打鸟了。

“这条溪沟真是古怪。”妹妹说。

“这就是我所知道的最大一条小溪。”尼克对她说。

“说它小它又深得吓人。”

“它不断地冒出新泉水来，”尼克说，“它深到岸下，越流越深，水凉得出奇。小妞，不信你可以试一试。”

“真的。”她感觉溪水凉得麻手指。

“晒着太阳的地方稍微暖和一点，”尼克说，“但是也不太热。在这里打鸟倒是很合适，坡下有一块长满了草莓的地方。”

他们顺着溪沟朝下走。尼克一路上细察溪沟两岸，发现了有貂的足迹，他赶忙指给妹妹看。他们又看到了几只金冠鹪鹩在捕捉昆虫，它们的捕捉动作灵巧，敏捷，兄妹两人被吸引了过去。没有料到的是看到杉丛中的雀儿却是特别安详自若，翼尖和鸟尾上面都点缀着神奇的彩羽，小妞情不自禁喊道，“它们真的是世上最最美丽的雀儿，尼基。人世间再没有比雀更美的鸟儿了。”

“它们长得跟你的相貌一样。”他说。

“不是，尼基。不要开我的玩笑。杉丛和雀儿永远使我感到既骄傲又快活，甚至还会流下泪来。”

“看它们来一个急转之后就轻轻落在枝上，紧接着傲慢地走过来，不仅亲切安详而且又温和友好。”尼克说。

他们继续走着，尼克突然举起枪来放了一枪，他的妹妹还不知道哥哥打的是什么。只听见一只大鸟挣扎着倒在地面上拍动翅膀。她又看到哥哥按动一下步枪，紧接着放了两枪，每响一次就会跟着落下一只大鸟在柳丛中乱拍翅膀。到了最后才听见一群褐色大鸟乱哄哄地从柳枝上面冲出来，中间有一只鸟飞出来一小会儿又回到树枝上去，歪着脖子朝下瞧热闹。那只鸟长得羽毛丰盛，肥硕异常，笨头笨脑地朝下看，所以尼克又举起枪来瞄准它，妹妹轻轻地说：“不要打了，尼基。不要再打它，我们已经够吃的了。”

“那么好吧，”尼克说道，“你想不想打它一枪吗？”

“不要，尼基，我并不想。”

尼克走进了杨柳林子里捡回那三只大松鸡，用枪托把它们敲死，接着就平放在青苔上。妹妹走过来用手按着松鸡背，感觉又热又肥，羽毛特别的美。

“等到我们吃到嘴。”尼克说。他情绪高涨起来了。

“我真的为它们感到惋惜，”妹妹说，“它们不也和我们一样在欣赏早晨的阳光吗？”

说着又抬起头来看着那群歇在枝头不动的大鸟。

“它们还在低头看着我们，真有点傻。”她说。

“这个季节里的松鸡，印第安人称呼它们为笨鸡。等到猎人把它们追苦了才开始聪明起来，它们本性并不是笨鸡。只有那些学不会的柳树松鸡才真的是笨鸟，颈子上面长满了皱毛。”

“我倒是希望你我愈学愈聪明，”妹妹说道，“把它们都轰走吧。”

“你去轰吧。”

“赶快飞走吧，大松鸡。”

笨鸡仍然不起飞。

尼克故意向一只鸟举枪，它只是呆呆地瞧着他。尼克知道他不能打死这只鸟，不然的话会使妹妹伤心的，他只得鼓动舌头做出射子弹的响声，又用嘴唇吹响了轰走松鸡的声音，但是笨鸡还是好奇地看着他。

“我们还是不要去打扰它们了。”尼克说。

“真的很抱歉，尼克，”妹妹说，“它实在是太笨了。”

“等着我们把它吃掉，”尼克说，“那个时候你才明白了我们为什么要打它。”

“这群鸟是不是已经过季节了？”

“对啊，它们到现在长得厚厚实实，但是除了我们谁也不上这儿来捕猎它们。我杀过许多大角猫头鹰，其中一只大角猫头鹰几乎每一天都得吃一只松鸡。并且不断捕捉，它们把一些肥美的好鸟全都吃光了。”

“想要吃这只笨鸡可是太容易了，”妹妹说，“这一次我心里不再难受，你想不想要一条面口袋来装它们？”

“我先开了膛裹上凤尾草再装进口袋里面，现在离草莓地不远了。”

他们依着一株大杉树坐下，尼克把松鸡全部都开了膛，把滚烫的内脏掏了出来，用右手伸进了鸡肚里面取到可以吃的珍肝，把它们在溪水里面洗干净。清洗完鸟之后，他就理顺了羽毛用凤尾草包上，接着装进面口袋里。他又用一段钓绳把袋口以及袋角捆在一块儿，扛上肩头，把鸟肠子丢进溪沟里，接着又捡起几片鲜红的鸟肺在急流当中逗引鳟鱼浮出水面来。

“这就是上等鱼饵，只可惜我们现在不需要它，”他说，“我们的鱼儿全部都养在溪水里，随时吃随时来拿。”

“这条小溪假如能流过家门口，那就可以发财了。”妹妹说。

“鱼也早就给人钓完了。这一条可以说是唯一没人管的野溪，另外还有一条小溪坐落在大湖背面的旷野里，我从来都不带人去那里钓鱼。”

“那么有谁去打过鱼呢？”

“据我所知，没有人去过。”

“那是一条原始溪沟吧？”

“不是的，印第安人在那儿打过鱼。但是自从他们停止剥铁杉树皮之后，帐篷全都撤走了。”

“伊文思家小崽子知道那个地方吗？”

“不会知道的，”尼克说。但是他想了一下，心中又烦躁起来。他似乎转眼看到了伊文思的小崽子一样。

“你在想什么，尼基？”

“没想什么。”

“你明明是在犯愁。跟我说吧，我们可是伙伴呀。”

“他或许知道，”尼克说，“上帝惩罚他。他或许知道。”

“可是你又拿不准他是不是知道这地方？”

“真是说不好。毛病就出在这里，假如早就知道我就不来这个地方了。”

“他可能已经找到我们的营地了。”妹妹说。

“不要胡说。你是不是想把他找来？”

“我不想，”她说，“真是对不起，尼基，很抱歉，我不应该提起这件事情的。”

“我一点也不后悔，”尼克说，“我只是感激不尽。不管怎么说我都明白，我只是不再去想它罢了，我的一生要想很多的事情。”

“你总是会考虑很多的事情。”

“但是我不考虑这类事情。”

“让我们下山去采草莓，好不好？”小妞说，“我们到现在也没有什么办法了，对不对？”

“实在是没有办法，”尼克说，“我们赶快去采草莓，之后就回营地去。”

尼克尽管努力使自己接受现状，而且却怀有走着瞧的那种情绪。他不愿意为这件事情提心吊胆到恐慌的地步。情况还没有变化，所有的一切都停留在他下决心出走到这里避风的时候那样。伊文思的儿子很有可能以前就跟踪过他来到这个地方，可是看来又没有多大的可能性。除非有一次他穿过霍格斯住所暂时离开大路的时候就给那小子盯上了，但是也不一定这样。反正从来没有人来到这偏僻地方钓过鱼，关于这一点他完全有把握，那是由于伊文思家那小子对钓鱼并不怎么感兴趣呀。

“那杂种一心一意只想盯我的梢。”尼克说。

“我知道，尼基。”

“他已经有三次找我们的茬了。”

“我知道，尼基。可是你千万不要杀害他。”

尼克心想，难怪妹妹一定要跟我一块儿出走。

“我也知道不可以杀害他，”他说，“如今已经没有办法了。我们不要再谈论这件事情了。”

“只要你不杀害他，”妹妹说，“我们就不会有摆脱不了的事情，而且也没有平息不了的风波。”

“让我们回到营地去吧！”尼克说。

“难道不采草莓了吗？”

“我们改天再采。”

“你这会儿又犯愁了，尼基？”

“对啊。真是抱歉。”

“可是回到营地又有什么好处呢？”

“我们就能快一点儿掌握情况。”

“我们不能依据原来的路程行进吗？”

“现在不可以。我并不感觉害怕，小妞。因此你也不需要害怕，可是有些事情确实使我犯愁。”

尼克换了一个方向离开溪沟，顺着林子走，并且总是在树荫下走着，从山坡上边绕回营地去。

他们很小心地从林子回到营地，尼克手里端着步枪走在前边。好像没有人来过营地。

“你待在这儿不要走开，”尼克对妹妹说，“我到那边去看一看。”他把装着松鸡的口袋以及草莓桶交给小妞负责看管，自己远远走向了溪水的上游。当他走到了妹妹看不到的地方，就把枪膛换上长子弹。心中想，我不想杀害他，但是这件事情干了也不算错。他仔细地搜寻四野，没有发现任何人迹，所以再到下游，最后才回营地。

“真的很抱歉，我又开始犯了愁，小妞，”他说，“我们倒不如做一顿好吃的午餐，免得到了晚上的时候让火光透露出去。”

“我也有一点儿担忧了。”她说。

“你不需要担忧，所有的一切都平安无事。”

“可是那小子没有露面就已经把我们吓得不敢出去采草莓了。”

“我知道的。他没有到过这个地方，可能他从来就没有涉足这条溪沟，可能我们永远不会再碰到他。”

“他真有些让我觉得害怕，尼基，他的人影没有出现反倒比在这个地方出现更吓人。”

“我知道，可是这也没有什么可怕的。”

“我们应该怎么办呢？”

“哦，我等到天黑了之后再做饭。”

“你为什么突然改变主意？”

“他晚上不敢到这个地方来，天黑了之后他也没有办法穿行沼泽地。大清早是不需要怕他出现的，傍晚还有黑夜也不会碰到他。我们学好麋鹿的行踪，早晚出去活动一下，白天的时候睡大觉。”

“可能他永远不会来找人。”

“很对，也许是这样的。”

“可是我可以留下来吧，行不行？”

“我应该送你回家。”

“不，千万不要这样，尼基。谁可以来制止你不‘杀’

人呢？”

“你好好听着，小妞，从今往后不要再提杀字，并且要记住我从来不谈论杀人的事。而且也不会发生杀人的事情，也永远不会有这样的事情。”

“是真的吗？”

“确实是真的。”

“我真的很高兴。”

“不要说这样的事情，从来没有人谈论这种事情的。”

“那么好吧。我永远不会再去想它，也不会去谈它。”小妞说。

“我也这样做。”

“你自然没有谈过。”

“我甚至连想也不去想它。”

他心里想，不能这么做，你甚至连想都不要去想它。不管白天或者是黑夜，总而言之不能在她跟前露出苗头来，她是能够感觉到的，因为她是你妹妹，而且你们又彼此相亲相爱。

“你现在觉得饿吗，小妞？”

“还不是很饿。”

“吃一点儿巧克力硬块，我到溪边去打一些水回来。”

“我现在还不需要吃东西。”

兄妹两人望着沼泽之外的蓝色山峦，此时正是中午十一点，朵朵白云伴随着阵阵微风正在升起万里晴空，一片蔚蓝，升起的白云渐渐超脱山顶，高高地飘浮空中，迎面吹过来的微风异常清凉，白云飘过沼泽以及山坡，带来浓荫。微风吹过了林间，他们躺在树荫下感觉一阵凉爽。从溪边打回来的清水在锡杯里面更是觉得阴凉，巧克力尽管不算太苦可是特别坚硬，他们边啃边吃。

“味道真的很好，溪水甜得就像我们第一次从溪边打来的一样，”妹妹说道，“现在吃一些巧克力更感觉水味儿好喝。”

“你如果觉得饿，我们就可以做饭吃。”

“你不饿，我也不会觉得饿。”

“我一直感到饿。我真傻，不敢下去采草莓。”

“不。你是忙着要回来弄清楚情况。”

“你听着，小妞。我另外还知道一个地方就在我们穿过的乱木场的后边，在那儿也能采到草莓。我把东西都藏好了，随后穿过林子回去采它两满桶草莓回来，我们明天的时候再补上这一段路。这种散步真的很不错。”

“是的。我对于所有的一切都感到很合适。”

“你难道不饿吗？”

“我不饿，吃了巧克力之后就一点儿也不饿了。我只是想在这里看一会儿书，我们在打猎的时候已经很好地散过步了。”

“那么好吧，”尼克说，“我们昨天的步行让你累了吧？”

“似乎有一点儿累。”

“那么我们不要着急，让我来朗读《呼啸山庄》。”

“我现在已经长大了，再听你朗读合不合适？”

“你还不算大。”

“那么你来朗读吗？”

“好的，我这就读。”

印第安人营地

又有一条船这时候拉上了湖岸，有两个印第安人安静地站在湖边等待着。

尼克和父亲跨进了船艄，这两个印第安人把船推下了水，中间的一个跳上船去划桨。乔治叔叔就坐在营船的船艄，那个年轻的把营船推下了水，接着就跳进去帮乔治叔叔划船。

两条船在黑暗当中慢慢划出去。在浓雾当中，尼克听见前边远处传来桨架的声响。两个印第安人一直在不停地划着，掀起了一阵又一阵的水波。尼克依偎在父亲的胳膊里。湖面上特别冷，给他们划船的那个印第安人使出了浑身的力气，可是另外一条船在雾里始终划在前边，并且距离越来越远了。

“到哪里去呀，爸爸？”尼克问道。

“到那边印第安人营去，有一位印第安妇女病得很严重。”

“哦。”尼克答应道。

划到了海湾的对岸，他们发现了那另外的一条船已经靠岸，乔治叔叔这时正在黑暗当中抽着雪茄烟。那个年轻的印第安人把船推上了沙滩，乔治叔叔给这两个印第安人每人一支雪茄烟。

父子两人从沙滩走上去，穿过了一片露水浸湿的草坪，跟着那个年轻的印第安人，他的手里拿着一盏灯笼。接着他们进入了林子中间，顺着一条羊肠小道走了过去，小道的尽头就是一条伐木的大路。这条路朝着小山那边折去，到了这儿之后就明亮多了，因为两边的树木都已经砍掉了。那个年轻的印第安人立即停下了，吹灭了灯笼，五个人一块儿顺着伐木大路朝前走去。

他们绕过了一道又一道的弯，一只狗在那里汪汪地叫着，接着就跑了出来。前边，从剥树皮的那些印第安人住的棚屋里射出了灯光，又有几只狗朝着他们冲了过来，两个印第安人把这几只狗打发回棚屋去了。最靠近路边的棚屋有灯光从窗口里面射出来，有一个老婆婆手里提着灯站在门口。

屋子里面，一个年轻的印第安妇女在木板床上躺着。她正在生孩子，已经两天了，但是孩子还是生不下来。营里的老年妇女一直在帮她，男人们都跑到了路上，一直跑到再也听不到她叫喊的地方，在黑暗中坐下来抽烟。尼克和两个印第安人跟着爸爸和乔治叔叔走进棚屋的时候，她刚好在尖声叫着。她躺在那个双层床的下铺，身上盖着被子，肚子鼓得很高，她的头侧向一边，她的丈夫就躺在上铺。就在三天之前，他把自己的腿砍伤了，是用斧头砍的，伤势较重。他正在抽板烟，屋子里面的气味很不好。

尼克的父亲吩咐人放一些水在炉子上烧，在烧水的时候，他就和尼克聊天。

“这位太太快要生孩子了，尼克。”他说。

“我知道啊。”尼克说。

“你其实并不知道，”父亲说，“你听我说吧。她正在忍受阵痛，婴孩要生下来，她一定要把婴孩生下来，她浑身的肌肉都在用力要把婴孩生下来。刚刚她大声直叫就是这么回事。”

“我现在明白了。”尼克说道。

就在这时候，产妇又大声叫了起来。

“噢，爸爸，你难道不能给她吃一点儿什么，好让她不这样一直叫吗？”尼克问道。

“不可以，我一点麻药都没有带，”他的父亲说道，“但是让她叫吧，没有关系的。我听不到，没有关系。”

那个做丈夫的在上铺转了个身靠着墙。

厨房里面那个妇女朝着大夫做了一个手势，示意水热了。尼克的父亲走进了厨房，把大壶里面的水倒了一半在盆里。接着他解开手帕，拿出一点儿药放在壶里剩下的水里。

“这半壶水一定要烧开，”他一边说着，就一边用营里带过来的肥皂在一盆热水里把手洗了一遍，尼克看着父亲全是肥皂的双手搓了又搓。他父亲一边小心地洗手，一边说道：“你看，尼克，按常理说，小孩出生的时候是头先出来，可是有时候也并不是这样。有的时候并不是头先出来，那么就要给大家添很多麻烦了。说不准我要给这位太太动手术呢。过一会儿就知道了。”

大夫觉得自己的双手已经洗干净了，所以他走进去打算接生了。

“掀开被子，好不好，乔治？”他说，“我最好还是不碰被子。”

过了一会儿，他就要动手术了。乔治叔叔跟三个印第安男人把产妇按住了，不让她动。她在咬乔治叔叔的手臂，乔治叔叔说道：“这个该死的臭婆娘！”那个给乔治叔叔划船的年轻印第安人听了之后就笑他。尼克在边上给父亲端着盆，手术做了很长的一段时间。

他父亲把婴儿举起，拍打了一下，让他呼吸，接着就把他交给老妇人。

“看，是一个男孩，尼克，”他说道，“做一位实习大夫，你喜不喜欢？”

尼克说：“好的。”他把头转了过去，不敢望他父亲在做什么。

“好的，这就行啦。”他父亲一边说着，一边把什么东西放进了盆里。

尼克看都不看一下。

“现在，”他父亲说道，“需要缝上几针，看不看随你便，尼克。我需要把切开的口子缝起来。”

尼克并没有看。他的好奇心早就已经没有了。

他父亲做完手术后，站了起来，乔治叔叔跟三个印第安男人也一起站了起来。尼克把盆端到了厨房。

乔治叔叔看了看自己的手臂。那个年轻印第安人颇有回味似的在笑着。

“我给你涂一点儿药膏，乔治。”大夫说。

他弯下腰去看了一下印第安产妇，这时她安静下来了，她把眼睛紧紧闭着，脸色看起来灰白。至于孩子怎么样，她不知道——她什么都不知道。

“我早晨要回去，”大夫站了起来说，“到中午的时候会有护士从圣依格那斯来，我们需要的那些东西她都会带来。”

这个时候，他的劲头来了，很喜欢说话了，就像是一场比赛之后足球运动员在更衣室里的那种得意劲儿。

“这个手术简直可以上医药杂志了，乔治，”他说，“用一把大折刀做剖腹产手术，而且还用九英尺长的细肠线缝合。”

乔治叔叔靠着墙站着，看了看他的手臂。

“噢，你真是一个了不起的人物。”他说道。

“应该去看一看那个得意洋洋的爸爸了。对于这些小事情做爸爸的常常是最痛苦的，”大夫说，“我必须得说，他倒是真能够沉得住气。”

他把蒙着那个印第安人头的毯子揭开。他往上一揭，双手是湿漉漉的。他蹲在下铺的床边，用一只手提着灯，朝上铺一看，只看见那印第安人脸朝墙躺着。他把自己的喉管自两耳中间都割断了。鲜血往外直冒，流成了一大摊，他的尸体使床铺下陷。他的头枕在左臂上面。一把剃刀是打开的，锋口朝上，掉在了毯子上。

“赶快把尼克带出棚屋去，乔治。”大夫说道。

不需要多此一举了。尼克刚好在厨房门口，把上铺看得一清二楚的，那时候他父亲正一只手提着灯，另外一只手把那个印第安人的脑袋轻轻地推过去。

他们顺着伐木道走回湖边的时候，天刚刚有一点儿亮。

“这一次我真的不该带你来，尼克，”父亲说，他做了手术之后那种得意的劲儿这时候全没了，“真是糟透了——拖你过来从头看到底。”

“女人生孩子都得受这么大罪吗？”尼克问道。

“不是的，这是很少见的例外。”

“他为什么要自杀呀，爸爸？”

“我不知道，尼克。他这个人受不了一点儿惊吓，我猜想。”

“自杀的男人多不多，爸爸？”

“不算多，尼克。”

“那么女人呢，多吗？”

“很难得有。”

“到底有没有呢？”

“噢，有时候是有的。”

“爸爸？”

“嗯，是呀。”

“乔治叔叔去哪里了呀？”

“他一定会来的，没有关系的。”

“死，很难吗？爸爸？”

“不难，我觉得死应该是很容易的吧，尼克。那需要看情况。”

他们一起上了船，坐下了，尼克在船艄，他的父亲在划桨。太阳刚好从山的那一边升起来。有一条鲈鱼跳出水面，河面上画出了一个水圈。尼克把手伸到了水里面，跟船一块儿滑过去。在很冷的早晨，水里反倒是很温暖。

一大清早，在湖面上，尼克坐在船艄，他的父亲在划着船，他确信他是永远不会死的。